Wundwasser meiner Seele

Über das Buch und seine Autorin:

Verena Christ wächst in einem »Wattenest« auf, macht ihre ersten Erfahrungen mit Freundschaft und Liebe, sucht ihren eigenen Weg zum privaten und beruflichen Glück. Aber dann droht ihr Leben im Morast zu versinken. Sie lässt sich in eine ungewollte Ehe drängen, wo sie zum Opfer von Gewalt und Erniedrigung wird. Doch es gelingt ihr, sich von den Dämonen in ihrer Umgebung zu befreien, und ihr Leben findet endlich den Weg zum Licht zurück.

»Wundwasser meiner Seele« ist die nicht alltägliche Lebens-, Leidens- und Rettungsgeschichte eines Sühnekindes: spannend, fesselnd und ergreifend. »Dieses Buch tut weh und macht zugleich Hoffnung.« (Zuschrift einer Leserin)

Die Autorin Marthe-Lorenza Krafft hat die Geschichte der Verena Christ aufgeschrieben. Sie veröffentlicht dieses Buch unter einem Pseudonym. Auch die Namen aller handelnden Personen und Schauplätze sind geändert.

Marthe-Lorenza Krafft

Wundwasser meiner Seele

Die Geschichte der Verena Christ

»Ich widme dieses Buch meinen Kindern,
damit sie mein Leben besser verstehen.«
(Verena Christ)

Und ein ganz besonderer Dank gilt meinen Freunden, die mich
bei der Vermarktung sowie Gestaltung und der Veröffentlichung
meines Buches unterstützt haben.

Alle Rechte sind der Autorin vorbehalten
2. Auflage 2007
Herstellung: Books on Demand GmbH, Norderstedt
ISBN-10: 3-00-019261-1
ISBN-13: 978-3-00-019261-6

Inhalt

Am Tor	7
Schwere Geburt	9
Liebe im Lazarett	11
Im Wattenest	12
Im Internat	19
Lehrjahre	22
Freundschaften	25
In Mutters Fußstapfen	28
Abschied	31
Amerika	32
Wegkreuzung	36
Vaters Tod	38
Das Leben danach	40
Dämonische Schwestern	41
Vor dem Inferno	43
Rendezvous mit dem Teufel	45
Am Abgrund	50
Auf der Flucht	54

Dunkle Schatten	59
Falscher Freund	66
Entkommen	67
Déjà vu	70
Das zweite Leben	71
Besuch aus der Vergangenheit	74
Zusammenbruch	77
In der Klinik	82
Kinder	85
In Therapie	88
Entgiftungsvision	95
Weg zur Mitte	96
Geliebt	97
Mutters Tod	98
Wiedergeburt	101
Abschied vom Sühnekind	102
Blumen der Welt	103
Familienbande	105
Zeitreise	105
Ausklang	110

»Mit der eigenen Wahrheit zu leben,
heißt bei sich zu sein, und das ist
das Gegenteil von Isolierung.«

aus Alice Miller: »Abbruch der Schweigemauer.
Die Wahrheit der Fakten«, Hamburg 1990

Am Tor

Ich bin Verena, geboren im Herbst 1955. Ich schaue auf mein Leben. Ich sehe einen Film, dessen Drehbuch andere für mich schreiben – Zug um Zug, Bild um Bild, Folge um Folge.

Ich kuschele im Wattenest einer anheimelnden Kindheit, springe im Fluss meiner Jugend von Stein zu Stein, lande an diesem oder jenem Ufer. Ich lerne: Wenn ich tue, was sie sagen, und ihnen gebe, was sie begehren, erhalte ich Liebe und Zuwendung – wenn nicht, dann strafen sie mich. Ich brauche Anbindungen. Ich lasse mich von zwei dämonischen Schwestern verheiraten. In der ersten Ehe ist keine Liebe, in der zweiten erlebe ich die Hölle in allen Variationen, in der dritten werde ich vergewaltigt und gedemütigt.

Ich habe vier Kinder. Ihnen gebe ich alle meine Liebe. Sie sind meine Hoffnung und mein Schutzschild. Ich lebe in einer anderen Stadt. Ich baue mir eine Existenz auf. Ich lerne meinen jetzigen Mann kennen. Ich breche zusammen – physisch, mental, seelisch, ich kann nicht mehr. Ich rette mich in eine psychosomatische Klinik, bin zutiefst depressiv, verweigere jedes Essen, öffne mich nicht. Das alles geht dich nichts mehr an, denke ich. Ich will in Ruhe gelassen werden. Nach mehreren Klinikaufenthalten und Therapien entgiften sich Körper, Geist und Seele.

Doch von Zeit zu Zeit legen sich Schatten auf mich. Die Abstände werden immer größer. Ich bin jetzt wieder in der Mitte meines Lebens. Mit meinem Mann lebe ich an einem guten Ort. Wir arbeiten in unserem eigenen kleinen Betrieb und können gut davon leben. Ein neuer Traum will verwirklicht werden.

Schwere Geburt

Es ist kalt, als meine Mutter mit Hilfe einer Hebamme ihr viertes Kind zur Welt bringen will. Sie stöhnt vor Wehenschmerzen, diesmal ist es anders als bei den ersten Kindern. Sie sieht mit schmerzverzerrtem Gesicht die Hebamme an, es muss ein großes Kind sein.

Das Fenster im Schlafzimmer der Wohnung im Sechsfamilienhaus einer von Flüchtlingen bewohnten Siedlung steht ein Stück auf, die Sonne scheint an diesem klaren Herbsttag. Im Treppenhaus spielen drei Mädchen, meine Geschwister. Sie halten sich dort auf, bis ein freundlicher Nachbar sie in seine Wohnung mit hinein nimmt, wo meine Schwestern dann mit den Nachbarskindern spielen. Vater steht nervös im Zimmer herum. Die Hebamme schreit: »Eine Steißgeburt, das Kind kommt!« Ich komme mit dem Po zuerst, blau angelaufen und nicht sehr lebendig. Mein Vater holt eine Wehrmachtsdecke, die Hebamme legt mich direkt unter das halboffen stehende Fenster. »Herr Karstens«, sagt die Hebamme zu Vater mit einem ernsten Gesicht, »das Kind ist sehr klein und sehr schwach«. Mutter schreit laut auf, ein zweites Kind rückt nach, mein Zwillingsbruder – Schock und Freude zugleich. Damit hatten meine Eltern nicht gerechnet. »Ich muss mich um Ihre Frau kümmern!«, ruft die Hebamme und ist auf einmal wieder sehr beschäftigt. Vater nimmt mich hoch und legt mich in seine Wehrmachtsdecke. Er wickelt mich ein, reibt mich und spricht mir gut zu, trägt mich umher, bis ich eine natürliche Farbe annehme. Ich lebe. Nach 20 Minuten ist auch mein Bruder auf der Welt. Der herbeigerufene Arzt trifft erst später ein. Meine Eltern freuen sich, dass jetzt auch ein Sohn dabei ist. Mutter weint und ruft immer wieder »Danke, danke, mein Gebet wurde erhört, alles ist wieder gut, ich habe zwei Kinder bekommen für das eine verlorene«. Das kleine Mädchen macht es wieder gut.

Die Geschwister werden hereingerufen. Wir Zwillinge liegen in einem Wäschekorb aus Weide. Sie schauen, als wenn sie zwei lebendige Puppen zum Spielen erhalten hätten. Es ist Sonntag, der 16.10.1955. Die Geschichte unserer Geburt erzählen unsere Eltern noch oft am Zwillingsgeburtstag. Ich werde auf den Namen Verena getauft, mein Bruder auf den Namen Thomas. In diesem Jahr wird das Land, in dem ich geboren werde, die Bundesrepublik Deutschland, von den westlichen Siegermächten in eine eingeschränkte Souveränität entlassen. Eine neue Zeit beginnt.

Liebe im Lazarett

Meine Eltern sind beide Anfang der 20er Jahre geboren, Vater ist Jahrgang 1923, Mutter Jahrgang 1924. Sie lernen sich 1941 während des Krieges im Lazarett in Schlesien kennen. Gerade hat der Russlandfeldzug, das Unternehmen Barbarossa, begonnen. Der Funker und Gefreite Falk Karstens aus dem Ruhrgebiet liegt mit verschiedenen Verwundungen im Lazarett. Die junge, hübsche Krankenschwester Irma Schultheiß aus Schlesien verliebt sich in den gut gewachsenen Soldaten. Sie heiraten. Bei der Hochzeit trägt Vater seine Uniform. Mutter leiht sich von einer Cousine ein Brautkleid mit einem sieben Meter langen Schleier. Vater tritt aus Versehen auf den Schleier, wobei dieser zerreißt. Mutter weiß, das ist kein gutes Zeichen.

Im Krieg und in der unmittelbaren Nachkriegszeit werden drei Mädchen geboren. Eva 1943, Antina 1945, Ruth 1946 – allesamt Kriegskinder. Wir Zwillinge folgen als Friedenskinder sozusagen eine Generation später. Mutter ist auf dem Land aufgewachsen, sie kann zupacken und liebt das Landleben und die Freiheit, im eigenen Garten und Haus zu leben. Vater hingegen ist in der Stadt in einem Mietshaus groß geworden. Nach dem Krieg landen die Eltern in Bayern in einer Kleinstadt. Hier ist der Winter lang, der Schnee tief und der Ostwind rau. Ein neues Leben fängt an, in einer fremden Gegend.

Im Wattenest

Wir wohnen mit sieben Personen in einer Zweizimmerwohnung. Die drei großen Mädchen schlafen im Elternzimmer, meine Eltern auf einem Wohnschlafsofa im Wohn-Esszimmer. Wir, die Zwillinge, finden immer einen Platz zwischen ihnen. Vater verdient Geld mit Taxifahren, Mutter putzt bei den Bessergestellten in der Siedlung. Die Eltern unternehmen viel mit uns. Sonntags stehen wir Zwillinge an der Straßenecke und warten auf Vater, der mit seinem schwarzen Mercedes-Taxi mittags nach Hause kommt. Wir dürfen dann einsteigen, und Vater fährt durch die Siedlung zu einem Gasthaus. Dort kauft er dann zwei Pakete leckeres Fürst-Pückler-Eis als Nachtisch.

Mutter setzt alles daran, dass wir, die siebenköpfige Familie, aus der Zweizimmerwohnung herauskommen. Sie läuft drei Stunden bei Wind und Regen zu einem Baugebiet. Vater fährt sie nicht, er ist ängstlich und hat Veränderungen nicht gern. Mutter bringt es fertig, dass wir auf dem Grundstück eines Grafen günstig bauen können. Als die Entscheidung gefallen ist, bringt der Graf meine Mutter im Auto in die Siedlung, und beide überzeugen meinen Vater, diesen Neubeginn zu wagen. Mutter ist glücklich und singt viel. Vater arbeitet jetzt auch an den Wochenenden. Mutter nimmt noch mehr Putzstellen an. An bestimmten Tagen stehen in unserer Siedlung bei einigen Fenstern Blechdosen auf den äußeren Fensterbänken oder ein buntes Tuch hängt im Fenster. Das sind Signale für meine Mutter: Da möchte jemand, dass sie zum Putzen kommt. Zusätzlich arbeitet Mutter an den Wochenenden noch in einem Tanzlokal. Vater fährt sie hin und holt sie nachts mit dem Taxi wieder ab. Am Sonntagvormittag schüttet Mutter dann vor dem Mittagessen ihre Geldtasche auf dem Tisch aus, und wir Kinder dürfen uns das Klimpergeld aufteilen. Mutter lacht und sagt »Kauft euch was Gescheites für das Klimpergeld.«

Der Ort, in dem unser Haus steht, heißt Waldesflur. Fünf Jahre nach meiner Geburt ziehen wir dort ein, ganz nah am Wald. Hier wächst das Wattenest um mich herum, in ihm bewege ich mich, lege mich selig hinein. Es umarmt mich, ich stoße nirgendwo an. Unser Haus ist ein Bungalow. In der unmittelbaren Nachbarschaft liegt ein Bauernhof. Dort lebt der Bauer Franz mit seiner Frau und zwei Kindern. Wir freunden uns mit den gleichaltrigen Kindern an. Wir dürfen auf dem Bauernhof helfen: auf dem Rübenacker, bei der Kartoffelernte und bei anderen Arbeiten. Im Sommer sind wir nur im Wald oder auf den Wiesen zu finden. Ein See in der Nähe des Bauernhofes ist unser Schwimmbad. Mein Bruder Thomas bekommt ein Fünfmannzelt, Vater baut es zusammen mit dem Bauern Franz für uns Kinder nah am Bauernhof auf. Wir dürfen mit unseren Freunden, wann immer es geht, darin übernachten. Manchmal kommen unsere Eltern am Abend. Bauer Franz spielt dann Mundharmonika und meine Mutter Mandoline. Die anderen singen dazu. So lerne ich die Musik und das Singen lieben. Am Morgen bringt uns die Bäuerin Milch, Eier, selbstgebackenes Brot und hausgemachte

Marmelade. Mit nackten baumelnden Beinen sitzen wir in den Kirschbäumen, haben dicke Herzkirschen an den Ohren hängen und lassen sie uns schmecken. Ich liebe den Geruch der Natur, die Farben und die Freiheit, die ich hier habe. Wir binden Blumenkränze und spielen Prinzessinnen. Die Hühner mit ihren kleinen gelben Küken, die Hasen in den Ställen, die Katzen und der Hofhund, selbst die Tauben auf dem Dach: Alle sind meine Freunde.

In der Winterzeit bin ich fast genauso viel draußen. Von unseren Freunden lernen wir Ski fahren, auf dem See Schlittschuh laufen. Einmal machen wir Kinder einen Skiausflug in die tiefen Wälder. Wir verlaufen uns und finden allein nicht mehr heraus. Die Erwachsenen suchen uns mit Fackeln, finden uns, bringen uns nach Hause. Die Bäuerin macht allen heiße Fleischbrühe und eine ordentliche Brotzeit. Wir versprechen, dass wir einen so weiten Skiausflug nicht mehr ohne einen Erwachsenen unternehmen werden.

Als meine älteste Schwester Eva nach Amerika auswandert, bin ich fünf Jahre alt. Ich vermisse sie sehr, denn mir fehlt ihre Liebe. Immer konnte ich in ihr Bett kommen; Schmusen mochten wir so gern. Sie tröstete mich, wenn ich Kummer hatte und nahm mich oft mit: in die Stadt, die italienische Eisdiele oder zum Karussell fahren auf das Volksfest. Auch vor meiner Schwester Antina beschützte sie mich. Dass Antina mich nicht sehr mag, bekomme ich schon als kleines Kind zu spüren. Sie ist nicht sehr geduldig mit mir und behandelt mich nicht allzu gut, wenn sie alleine mit uns Zwillingen ist. Lange weine ich um meine Schwester Eva, sie fehlt mir sehr.

Im Herbst werden Thomas und ich sieben Jahre alt und kommen in die Schule des Ortes, eine Zwergschule. Die Lehrerin ist streng und viel zu ernst. Wie einige andere Kinder auch habe ich ein bisschen Angst vor ihr. Sie lässt mich oft vorn am Pult mit dem Rücken zur Klasse stehen, wenn ich etwas nicht weiß, oder ich muss mich vor die Klassentür stellen, wenn ich nicht mitarbeite. Bei ihrem Mann habe ich einmal die Woche privaten Musikunterricht, ich lerne Mandoline, Altflöte, Glockenspiel und Blockflöte. Er ist freundlich und geduldig, nicht so streng wie seine Frau. Gerne gehe ich zu dem Musikunterricht. Mutter bezahlt 5 Mark für jede Stunde, an Festtagen werde ich in Kirchen und zu anderen Veranstaltungen geholt, um gemeinsam mit anderen Kindern Musikstücke vorzuspielen. Mutter sorgt dafür, dass ich dazu noch Ballettunterricht erhalte. »Ja, unsere Verena ist sehr musik- und tanzbegabt«, sagt Mutter lachend, und ich freue mich, dass Mutter sich über mich freut.

Auf der nächsten Schule für größere Kinder habe ich einen musischen Lehrer. Er lässt uns viele Freiheiten. Wir verehren ihn sehr. An schönen Tagen geht er mit uns lieber Wandern als im Klassenzimmer Rechnen und Diktate zu üben. Wenn wir raus gehen, hat er immer einen Rucksack mit Flöten und anderen kleinen Instrumenten dabei. Wir alle – auch die Jungen – freuen uns darüber. Wir machen lieber Musik und singen in freier Natur als zu lernen. Zwei Jahre haben wir unseren Lehrer. Ich bin seine Lieblingsschülerin, denn ich gebe mich ganz der Musik und dem Singen hin. Mein Lehrer gibt mir sogar privaten kostenlosen Gesangsunterricht. Was sich auch lohnt, denn ich singe gut und gern. Unser Lehrer wird dann leider in eine Musikschule versetzt. Mutter konnte übrigens noch besser singen als ich, sie hat zwar keine Gesangsausbildung bekommen, aber ihr war eine hervorragende Stimme angeboren. Hans Blum, ein bekannter Mann vom Radio, entdeckt Mutter, als sie im Tanzcafé, in dem sie als Bedienung arbeitet, einmal zur Freude der Gäste singt. Er möchte sie zu Aufnahmen nach München mitnehmen. Vater erlaubt das jedoch nicht, was Mutter ihm wohl nie verziehen hat. So manches Mal gibt es deswegen Auseinandersetzungen zwischen beiden.

Vater schult um auf Finanzbuchhalter. Er erhält eine Anstellung in einer großen Spedition. Mutter arbeitet jetzt in einem Hotel und nebenbei in einem Friseursalon. Als die älteren Schwestern aus dem Haus sind, richtet sie in einem Zimmer einen kleinen privaten Friseursalon ein. Das Zimmer hat einen direkten Zugang von außen. Das ist praktisch, denn so müssen die Frauen nicht durch unser Haus – Vater hätte das auch nie erlaubt. Mutter lernt noch Maniküre und Pediküre, Gesichts- und Fußmassagen. Sie hat schnell viele zufriedene Kunden.

Die Eltern bereiten uns Zwillingen ein schönes Leben. Wir fahren an den Wochenenden aus und halten an schönen Plätzen, sehen uns Kirchen und andere Sehenswürdigkeiten an. Im Sommer gehen wir in ein großes

Freibad, da treffen sich die Eltern mit Freunden, die auch Kinder haben. Wir tollen dann gemeinsam im Wasser. Mutter hat immer einen großen Picknickkorb dabei. Vater kauft uns Eis. Schöne Sommer sind das.

Die Winter und Weihnachten sind gemütlich und schön. Vater muss sehr viel Schnee schaufeln. Oft steht er schon nachts auf und schaufelt die Wege zum Auto und durch den Garten frei, damit wir am nächsten Morgen besser zur Schule durchkommen. Er baut mit uns auch Schneemänner, die so groß wie er selbst sind. Wir haben viel Spaß. Bei einer Schneeballschlacht ist Mutter auch dabei. Wenn wir danach kalt gefroren sind, hat Mutter Kuchen und heißen Kakao für uns. Manchmal sind wir so kalt, dass Mutter uns Füße und Hände mit Schnee abreiben muss. Das tut oft so weh, dass wir weinen müssen. Mutter schimpft dann und meint, dass uns noch mal die Hände und Füße abfrieren werden, weil wir so lange in der Kälte draußen bleiben.

Weihnachten, am Heiligen Abend, sind wir Zwillinge ab Nachmittag in unserem Zimmer, wir spielen oder lesen. Die Eltern sind im Wohnzimmer und bereiten alles vor. Wir glauben an das Christkind. Meinen Bruder und mich hat Mutter am Vormittag noch nach draußen zum Spielen geschickt. Wir gehen zu unseren Freunden, den Bauernkindern, und fahren auf dem nahen Berg Schlitten. Anschließend sind wir trotz Skipullis und guten Skihosen nass, kalt und hungrig. Dagegen hilft dann schnell ein warmes Bad. Mutter hilft uns beim Abtrocknen, und wieder schimpft sie, dass wir noch mal

Erfrierungen bekämen, wenn wir immer so lange draußen blieben. Eine heiße Hühnersuppe lässt uns schnell auch von innen warm werden. Wir müssen jetzt in unser Zimmer. Die Neugierde hält uns jedoch nicht lange dort. Leise schleichen wir über den Flur zur Wohnzimmertür, die zwar verglast, aber von Mutter wohlweislich zugehängt ist. Dann läutet eine Glocke. Mutter öffnet die Tür, die Deckenlampe ist aus, ein Christbaum strahlt so bunt und schön. Ein Fenster steht offen und auf der Fensterbank liegen Geschenke, Äpfel und Nüsse. Ein Stück goldener Stoff hängt am Fensterrahmen. »Ach, herrje«, sagt Mutter, »das Christkind hat sich das Kleid zerrissen beim Herausfliegen, vielleicht seht ihr es noch«. Und schon schauen wir aus dem Fenster. Natürlich sehen wir es nicht. »Schade«, sage ich, »darf ich mir das Stück Stoff nehmen?« »Aber ja«, sagt da eine Stimme hinter mir. Meine Schwester Eva ist da, ich fliege ihr in die Arme. Auch die anderen Schwestern sind gekommen. Vater führt eine große Puppe an der Hand auf mich zu: »Das ist Jenny, deine neue Puppe.« Die Freude ist groß, Mutter und ich spielen unsere Instrumente, und die anderen Familienmitglieder singen dazu. Der Weihnachtsstollen liegt puderzuckerbeschichtet auf der Stollenplatte. Zu essen gibt es Kartoffelsalat, Wienerle und Weißwurst. Es sind immer schöne Festtage, diese Weihnachten. Schnee, Harmonie und der Duft der Weihnacht, das dringt ganz tief in mein Kinderherz.

Im Internat

Als Kind liebe ich Kirchen, die Orgelmusik, den Weihrauch, die Liturgie, den Gesang, die Worte und Gesten zu segnen. Einmal sage ich nach der Sonntagsmesse, das Mittagessen schmecke mir erst, wenn ich den Segen hätte. Meine Eltern sehen mich lange an. Schon als Schulkind habe ich den Wunsch, Nonne zu werden und ins Kloster zu gehen, um mein Leben dem Herrn in die Hände zu legen. Mein Vater lenkt mein Interesse auf den Beruf der Krankenschwester, so wie Mutter früher eine war. Seit ich sieben Jahre alt bin, gehe ich jeden Sonntag in die Kirche. Bei schönem Wetter fahre ich auch hin und wieder allein in eine große Wallfahrtskirche im benachbarten Ort. Ich unterhalte mich dann manchmal mit den Ordensfrauen und Patern. Ich bin so gern in der Kirche. Ich spüre viel Gutes an und in diesen Orten. In meinem Zimmer habe ich eine kleine Stätte mit einem Kreuz, meinem Rosenkranz und einem kleinen Gläschen mit Blumen. Ich beschäftige mich mit der Religion und bin meinem Herrn sehr nah.

Meine Eltern melden mich in einem Internat an. Ich gehe zwei Jahre lang auf ein von Diakonissen geführtes Internat, um den Realschulabschluss zu machen. Es ist eine Hauswirtschafts- und Kinderpflegeschule. Die Einrichtung war vorher ein Heim für schwer erziehbare Mädchen gewesen. Gitter vor den Fenstern erinnern noch daran. Freude und Lebendigkeit sind hier fremd. Das Zimmer teilen wir uns zu dritt. Weder lautes Lachen noch Musik sind erlaubt, von Fernsehen ganz zu schweigen. Spazieren gehen müssen wir in Zweierreihen, und falls ein Mädchen über die Stränge schlägt, gibt es richtig Ärger. Vor dem Gang zur Frau Oberin, der Leiterin des Internates, fürchten sich alle. Sie sitzt da wie auf einem Thron, schneeweiße Haare lugen unter ihrer Haube hervor, ihre Brille hat so dicke Augengläser, dass sie einen mit riesengroßen Augen und versteinertem Gesicht ansieht. Ihre Stimme ist kalt und tief.

In ihrer Gegenwart wird mir sehr unwohl, denn sie verunsichert mich mit ihrem Blick und ihren Drohungen, meine Eltern zu benachrichtigen oder ich müsse bei Wiederholungen das Internat verlassen. Dabei habe ich, jedenfalls in meinen Augen, gar nichts Schlimmes angestellt: Eines Tages formen wir unsere Betten so, als lägen wir darin. Es ist 21 Uhr, hell und heiß. Wir wollen uns mit ein paar Mädchen gegenseitig was erzählen und haben uns im Putzraum versteckt. Doch die Schwester, die um 21 Uhr alle Zimmer kontrolliert, entdeckt dies. Wir sind 14 Jahre alt und wollten uns nur ein bisschen unterhalten. Ich möchte nicht, dass meine Eltern erfahren, dass ich nicht folgsam bin. Sie würden sich über mich grämen. Also lerne ich zu folgen. Schnell begreife ich, dass nur folgsam sein hier angebracht ist.

Wir sind 58 Schülerinnen und 8 Ordensfrauen. Vor dem Mittagessen und vor der versammelten Gesellschaft werden Fehler und Abweichungen berichtet. Nach dem Mittagessen wird die Post verteilt, sie wird genau begutachtet. Hin und her werden die Briefe gedreht, ob da womöglich ein Junge geschrieben hat. Ich bekomme sehr viel Post von meinen Freundinnen und Freunden zuhause. Darüber gibt es komische Bemerkungen von den Schwestern, die ich nicht verstehe. Wir dürfen jedes zweite Wochenende nach Hause: von Samstagmittag bis Sonntagabend. Mein Vater merkt, das ich stiller geworden bin und nicht viel zu erzählen habe. Meine Eltern bohren und ich berichte ihnen von den Gittern an den Fenstern und den Strafen: Haare ganz kurz oder ganz streng am Kopf tragen, kein Fernsehen, kein Kofferradio, graue Hauskleider, dem Rügen vor allen Hausbewohnern. Meine Eltern machen ernste Gesichter. »Ist Verena in einem Heim für schwer erziehbare Mädchen?«, empört sich Mutter. Zusammen mit anderen Eltern setzen meine Eltern viele Änderungen durch: Die Gitter an den Fenstern werden entfernt, wir dürfen in unserer Freizeit Radio hören und auch mal einen Film sehen. Einige Schwestern werden ausgewechselt, für sie kommen junge, freundliche. Wir bekommen neue Lehrer und Lehrerinnen ins Haus, es wird gelacht und der Unterricht ist bunt. Kleine Streiche werden uns nicht mehr übel genommen. Kurzum: Wir sind ein Mädcheninternat, aus dem das Lachen nach außen dringen darf. Ich werde stiller, bin neugierig, möchte lernen. Alles, was die Hauspflege und das Drumherum angeht, macht mir Spaß.

Lehrjahre

Nachdem die zwei Internatsjahre vorbei sind und ich gute Zeugnisse bekommen habe, beginne ich nun den letzten Abschnitt meiner Ausbildung, das Soziale Jahr, in einem Mütter-Kurhaus als Hauswirtschaftsgehilfin. Das freundliche und einladende Kurhaus liegt direkt am Kurpark, ein wenig abseits der Straße in einem kleinen Park. 50 Frauen sind hier jeweils für vier Wochen zur Erholung. Ich teile mein Zimmer mit einem freundlichen Mädchen. Die Heimleiterin ist eine Ordensfrau, Schwester Leokardia. Sie ist groß und schlank, und ihr Gesicht ist so lieb und freundlich, dass ich mich gleich wohl und geborgen fühle. Die Küchenfee Fräulein Sophie, mittleren Alters und rundlich, ist eine gute Seele. Sie zwinkert uns manchmal zu, um uns aufzumuntern, wenn es hektisch in der Küche wird. Denn die Hauswirtschafterin Frau Erna hat einen rauen Ton, aber das ist ihre Art. Mir bringt sie sogar oft Schokolade mit. Ich bin sehr gerne in diesem Haus.

Alle drei Monate werde ich im Haus zu einer anderen Arbeit eingeteilt. Mir gefällt alles: von der Küche über die Haus- und Blumenpflege bis zur Wäsche und Unterhaltung. Alle vier Wochen feiern wir mit den Müttern Abschied. Schwester Leokardia spielt dann Gitarre und ich Mandoline. Alle singen und tanzen, sogar Schwester Leokardia probiert mit den Müttern die neuesten Tänze, auch mit mir und Fräulein Sophie. Ich lerne vor Publikum zu lesen, kleine Stücke mit aufzuführen, Tische und Räumlichkeiten je nach Anlass oder Feiertag zu schmücken und zu dekorieren.

Morgens um 7 Uhr läuft Schwester Leokardia durch die Flure und weckt die Frauen mit Gitarre und Gesang. Die Mahlzeiten nehmen wir alle gemeinsam in einem schönen kleinen Esszimmer ein; wir sind eine Familie, sagt Schwester Leokardia. Kleine Geschenke bastelt sie für uns, sie liegen dann auf unseren Plätzen oder hängen in kleinen Beutelchen an den Türen. Meine Freizeit verbringe ich oft mit Schwester Leokardia. Wir reden dann über meinen Wunsch, ins Kloster zu gehen, basteln, musizieren und singen. Oder wir sind im Garten und sie lehrt mich die Blumen- und Kräuterpflege.

Jedes zweite Wochenende habe ich frei, aber ich bin so neugierig auf das, was Schwester Leokardia vor hat und sich wieder ausgedacht hat, dass ich häufig dableibe. Und immer wieder bin ich sehr überrascht, was ich da lerne. Schwester Leokardia mag mich. Ich sehe, wie sie sich freut, wenn ich lache oder Fragen stelle. Einmal, es ist Adventszeit, ist sie stark erkältet und muss für ein paar Tage das Bett hüten. Sie lässt mir ausrichten, ich solle ab morgen früh die Frauen mit Gesang und Instrument wecken. Ich freue mich darüber und bin stolz darauf. Nachdem ich mit dem Morgensingen fertig bin, setze ich mich vor Ihre Zimmertür und spiele ihr und mein Lieblingsstück von Johann Sebastian Bach: »Air«. Nachdem ich fertig bin, ruft sie: »Ich wusste, du freust dich darüber, Verena.«

Doch die Zeit im Mütter-Kurheim geht viel zu schnell vorbei. So schön war es hier, so viel gelernt habe ich – nun ist dieses Jahr mit den vielen freundlichen, guten Menschen zu Ende. Der Abschied fällt mir schwer. Fräulein Sophie hat mir meinen Lieblingskuchen gebacken, dass ich ihn mitnähme und sie nicht vergäße. Tränen laufen über ihr rotwangiges Gesicht, und sie zwinkert mich noch einmal an. Schwester Leokardia steht da und hat einen riesengroßen Rosenkranz in der Hand: »Den habe ich für dich gebastelt, Verena. Du hast mir Freude gemacht. Du bist ein gutes Mädchen, gib auf dich Acht und bleibe so wie du bist.« Sie segnet mich. Eine kleine Regung sehe ich in ihrem Gesicht. Schnell lacht sie und sagt: »Dein Vater wartet schon.« Wir schreiben uns Briefe und telefonieren viele Jahre, bis sie stirbt. Sie hat in meinem Herzen einen Platz erhalten. Und manchmal spiele ich ihr zu Gedenken »Air« von Johann Sebastian Bach.

Freundschaften

Ich bin wieder zu Hause bei meinen Eltern und meinem Bruder Thomas, habe die Mittlere Reife und eine Ausbildung zur staatlich geprüften Hauswirtschaftsgehilfin. In die Krankenpflegeschule kann ich erst mit 18 Jahren, muss also noch bis zum Herbst warten. Mutter möchte, dass ich mich bis dahin ausruhe. Meine Eltern sehen, was ich in den drei Jahren gelernt habe. An manchen Tagen koche ich und mache Mutters Haushalt allein. Wenn sie dann von der Arbeit kommt, ist alles erledigt und sie freut sich. Mutter lobt mich viel.

Meine Freunde nehmen mich mit in eine Disco. Hier lerne ich viele junge Leute kennen. Eines dieser neuen Gesichter ist Chris: Er trägt eine englische Melone auf dem Kopf und hält einen Stockschirm in der Hand. Seine Füße schmücken zwei nicht zueinander gehörende Socken, die unter den etwas zu kurzen Hosen hervorlugen. Zuerst möchte ich mit den anderen über seine Erscheinung lachen, aber dann fällt mir ein, was Mutter mich lehrte: »Lache niemals einen Menschen wegen seiner Kleidung oder seines Aussehens aus. Ein behinderter und nicht schöner Mensch hat es im Leben schwer genug. Gib diesen Menschen das Gefühl, dass sie etwas Besonderes sind, sei freundlich zu ihnen und gehe mit ihnen ganz normal um.« Mutter weiß immer Rat, sie sagt kein böses Wort über einen Menschen, sie ist ein positiver Mensch. Chris spricht mit mir, er studiert, will Rechtsanwalt werden und war ein Jahr in England. Um sein Geld aufzubessern, arbeitet er als Kindermann bei einem Richter-Ehepaar zu Hause und passt auf zwei kleine Racker auf. Seine Aufmachung macht diesen Leuten nichts aus. Sie sind zufrieden mit ihm, und er mag die Kinder. Wir werden sehr gute Freunde und treffen uns oft. Bald sind wir eine tolle Truppe junger Leute. Meine Eltern haben nichts dagegen, dass ich eine Party feiern will. Vater gibt sogar Bier aus. Mutter staunt, das seien ja fast alles Studenten und Autos hätten die auch noch. Meine Freundinnen verlieben sich gleich in Chris und in ein paar andere Jungen. Auch ich habe einen Jungen sehr gern. Er gefällt mir sehr gut, aber ich will ja ins Kloster. Ich kann und darf keine Gefühle entwickeln, sage ich mir.

Werner ist ein sehr gut aussehender Junge, immer hat er Augenkontakt mit mir, sucht meine Nähe, macht mir Komplimente. Gefühle werden wach, ich tanze gerne mit Werner, seine Nähe tut mir gut. Er ist 20 Jahre alt und studiert, sein Traumberuf ist Lehrer. Er holt mich in seinem Auto ab. Mutter ist einverstanden, seitdem sie Werner kennen gelernt hat. Wir sehen uns an den Wochenenden und gehen zusammen mit Freunden aus. In der Woche beschäftige ich mich mit Zeichnen. Ich entwerfe meine Kleidung, zeichne Schnitte auf Packpapier und bringe sie zusammen mit schönen Stoffen zu einer Freundin, die ich aus der Disco kenne. Laura hat eine kleine Modeboutique in der Stadt. Sie und ihre Freundin sind sehr modern gekleidet. Sie nähen selber und entwerfen auch. Von meinen Schnitten und Entwürfen sind beide so begeistert, dass sie mir alles nähen. Ich verkaufe ihnen sogar meine Entwürfe, und sie nähen umsonst für mich. Mir fällt das Entwerfen nicht schwer, denn ich habe immer neue Ideen und gebe sie gerne an die Freundin weiter. Einmal bekomme ich von Laura sogar einen Mantel, der mir zwar sehr gefällt, aber eigentlich zu teuer wäre. Immer wieder mal kann ich mir etwas Schönes aussuchen. »Mit deiner Hilfe läuft unser Geschäft gut, du hast einen sehr kreativen und guten Geschmack.« Manchmal fragen sie mich um Rat, welcher Stoff wohl am besten zu welchem Schnitt passe. Sie fragen mich, ob ich nicht mit ihnen arbeiten wolle. Das würde ich nur aus Spaß machen, antworte ich ihnen. Laura ist mir eine gute und treue Freundin. Sie ist 22 Jahre alt und sprüht nur so vor Lebenskraft.

Die Wochen vergehen schnell. Als junges Mädchen erweitere ich mein Wattenest. Ich erlebe Freundschaft und Gemeinschaft. Wir sind eine Clique von tollen, unterschiedlichen und offenen jungen Leuten. Wir gehen miteinander in schöne Ausflugslokale, fahren zum Tanzen und machen hier und da Partys. Diese Zeit gibt mir Kraft und Vertrauen: Ich bin ein junges unbeschwertes Mädchen.

In Mutters Fußstapfen

Es ist soweit: Ich habe im Schwesternwohnheim ein Zimmer bezogen. Wieder teile ich es mit einem anderen Mädchen. Sie heißt Adelheid. Der erste Eindruck von ihr ist nicht so gut. Von oben herab begrüßt sie mich und weist mir das Bett und meine Schrankhälfte zu. Adelheid regiert vom ersten Tag an, sie ist weder unbeschwert noch lustig, hat auch kein Mitgefühl, sie ist kalt und hart. Uns Neuankömmlingen – wir sind neun Schwesternschülerinnen und fünf Krankenpflegeschüler – werden das Krankenhaus, die Stationen und alle dazugehörigen Räume gezeigt. Es ist ein katholisches Haus und wird von Ordensfrauen geleitet. Dann werden wir mit einem Bus in die Hauptstadt gefahren. Die Schwester Oberin ist dabei. Für mich und einige andere ist das ein besonderer Tag, denn wir werden eingekleidet. Näherinnen sind da, es wird geändert und anprobiert. Nach Stunden sind wir dann in grauen Kleidern mit weißen Schürzen und einem Häubchen nach der Tracht des DRK angezogen, dazu dunkelblaue Mäntel und Strickjacken. In dieser Tracht fahren wir mit dem Bus wieder zurück. Ich habe ein eigenartiges Gefühl in mir. Fühlt es sich so an, wenn man das Kleid der Ordensfrau anzieht? Wie wird mir die Pflege der Patienten gefallen, der Umgang mit Kranken und Sterbenden? Doch dann sage ich mir, dass ich trotz so viel Leid und Schmerz hier auch das Leben erleben werde, wie es geboren wird. Hier kann ich die Liebe zum Mitmenschen verwirklichen.

Adelheid versucht mir das Leben schwer zu machen, wo sie nur kann. Nach ein paar Wochen bekomme ich Magenbeschwerden. Adelheid lacht mich aus und meint, ich wolle mich nur vor der Arbeit drücken und hätte keine Lust zu lernen. Ich versuche, die mittlerweile sehr starken Magenschmerzen nicht zu zeigen. Bis ich eines Tages auf Station zusammenbreche. Die nachfolgende Untersuchung ergibt chronische Gastritis und Darmentzündung. Ich behalte kaum etwas bei mir, die Situation ist kritisch. Ich komme auf die Intensivstation. Dort erhole ich mich nur langsam. Ich entscheide mich, dass ich nur die einjährige Ausbildung zur Schwesternhelferin machen werde. Leider werde ich nicht übernommen und bin arbeitslos. Mutter ist enttäuscht, dass ich nur Schwesternhelferin und nicht staatlich examinierte Krankenschwester bin. Doch Mutter ist nicht allein mit ihrer Enttäuschung, ich selbst bin es auch. Aber die Ärzte hatten mir dazu geraten, da ich so schwach und krank war.

Nun habe ich mit meinen fast 19 Jahren zwei Berufe und bin wieder zu Hause in Waldesflur, im Hause meiner Eltern. Sie beraten hin und her. Die Gräfin lässt sich auch von Mutter die Haare frisieren. Dabei erzählt Mutter ihr, das ich Arbeit suche. Die Gräfin weiß eine Lösung: Schon zum nächsten Ersten kann ich als Kinderfrau bei einem Baron und seiner Frau anfangen. Also ziehe ich in ein Schloss. Die jungen Leute gehören einem alten Adelsgeschlecht an. Ich habe einen freien Tag in der Woche und verdiene gut. Der kleine Junge ist mein Liebling, er ist ein zehn Monate altes wunderbares Kind. Wir bewohnen drei Zimmer mit eigenem Bad. Ich versorge das Baby alleine und erledige alles, was dazu gehört.

Sämtliche Räumlichkeiten stehen mir offen, von der Bibliothek bis zur schlosseigenen Kirche. Die Baronin und ihr Gatte sind sehr gut zu mir: Ich sehe viele prominente Leute und einige Male verreisen wir. Ein Jahr halte ich es dort aus, dann weiß ich, dass dies für mich keine Arbeit für immer ist: nur einen Tag die Woche frei, ich möchte doch noch etwas anderes machen. Werner hat sich gemeldet, ab und zu gehen wir aus. Der Abschied von meinem kleinen Prinzen fällt mir schwer. Ich herze und küsse ihn zum Abschied. Die Baronin ist von meinem Entschluss nicht begeistert, aber sie versteht mich, da sie nur 4 Jahre älter ist als ich. Zum Abschied erhalte ich ein schönes Bild von meinem Prinzen. Einige Male rufe ich die Baronin an und frage nach dem Kleinen. Doch er hat mich schnell vergessen, da eine andere Kinderfrau jetzt meinen Platz einnimmt.

Abschied

Als Sitzwache auf der Intensivstation arbeite ich jetzt in unserem Kreiskrankenhaus. In der Nähe finde ich schnell ein günstiges möbliertes Zimmer. Mir geht es gut, meine Freundschaften pflege ich jetzt wieder mehr und gehe mit ihnen zusammen auch aus. Werner sehe ich nun auch wieder. Ich treffe ihn oft an meinen freien Tagen. Er hat sich verändert, wirkt abwesend und nicht mehr so froh. Doch er sucht meine Nähe, und wir reden miteinander. Dabei erfahre ich, dass Werner einen Tumor im Kopf hat. Ich bin geschockt, halte zu ihm. Wann immer es geht, sehen wir uns. Ich erfahre, was für ein Romantiker er ist. Er sei schon lange in mich verliebt, sagt er mir bei einem Spaziergang. Wir laufen barfuß durch die Wiesen, essen im Freien und tanzen bis in den Morgen. Werner scheint es nun besser zu gehen, ich habe ihn sehr gern. Ich erzähle ihm von meinem Wunsch, ins Kloster zu gehen. »Nein, nein!«, schreit er, »nicht du! Weißt du gar nicht, wie hübsch du bist? Du bist ein tolles Mädchen.« Dieses Kloster-Thema wird viel besprochen. Wir verbringen mit anderen Freunden einen herrlichen Sommer. Werner geht es schlechter, er wird noch einmal operiert. Doch die Ärzte können für Werner nichts mehr tun. Er wird nur 22 Jahre alt. Wir alle können seinen Tod nicht fassen, wir umarmen uns gegenseitig und weinen. Ein guter Freund ist gestorben. Ich bin traurig, Werner bekommt einen Platz bei mir, ich werde ihn nie vergessen. Ich sehe ihn so lebendig, gut aussehend und hoffnungsvoll lächelnd. Werner, du warst sehr stark. Du warst der beste Freund für mich. Werner hat mein Herz berührt.

Amerika

Meine Schwester Eva ist wieder zu Besuch in Waldesflur. Ich freue mich sehr, bin froh über ihren Besuch. Sie schlägt mir vor, mit nach Amerika zu gehen, die Brücken hier abzubrechen und mich auf etwas Neues einzulassen. »Du hast ein gutes Auftreten, ein gutes Benehmen, ich möchte dich gern mit zu mir nehmen«, sagt sie. Ich überlege und mache mir die Entscheidung nicht leicht. Hier habe ich alles: Arbeit, die mir Freude macht, meine Familie, Thomas, der mir in den letzten Monaten sehr zur Seite stand nach Werners Tod, meine Freunde, meine Heimat. Eva fliegt nach vier Wochen allein in die Staaten zurück, hat aber mein Versprechen, dass ich bald nachkomme.

»Ja, ich fliege in die Staaten«, sage ich zu meinen Freunden, als sie alle bei uns in Waldesflur sind. Ich gebe eine Abschiedsfeier. Mutter hilft und dekoriert, Vater hat ein Fass Bier aufgemacht und es gibt Essen ohne Ende. Alle sind da, meine Freundinnen und Freunde. Es ist ein schmerzlicher Abschied. Mein Bruder und meine Schwestern sind auch da. Antina ist wie immer sehr reserviert und kühl, macht ein paar spitze Bemerkungen. Ich gehe ihr wie immer aus dem Weg. Ruth hat ihren Charakter verändert. Das Weiche, was sie mal ausgemacht hat, ist nicht mehr da. Thomas hat nicht viel Zeit für mich, er hat eine Freundin. Ich habe wenig Zeit darüber nachzudenken, so viele Leute sind da. Es wird geweint, selbst Chris schaut ganz zerknirscht aus. Ich verspreche zu schreiben und Bilder zu schicken, einige wollen mich besuchen kommen. Meine Eltern nehmen sich frei und bringen mich nach Frankfurt zum Flughafen, ein paar Autostunden von uns entfernt. In der Flughalle stehen zu meiner Überraschung meine engsten Freunde und haben Geschenke für mich. Chris hat seine Gitarre dabei und jetzt singen alle »Goodbye, my love, goodbye« von Demis Roussos. Wie gern sie mich haben. Meine Eltern wussten davon, deswegen ist Vater viel zu früh losgefahren. Mutter weint und Vater versucht sich nichts anmerken zu lassen. Wir umarmen uns, und schon sitze ich im Flugzeug. Tränen fließen, erst jetzt komme ich zur Besinnung.

Der Flug ist ein Erlebnis. Ich fliege durch die Nacht und lande am Morgen in Dallas. Eva erwartet mich und winkt. Ihre Freude sehe ich schon von Weitem. Mein sechsjähriger Neffe Henry steht neben ihr, ich sehe ihn erst zum zweiten Mal. Eva lebt seit 15 Jahren in der Bundeshauptstadt Washington D.C. Ich bin 20 Jahre alt, als ich dort ankomme. Mein Schwager Antonio stammt aus Kuba, er ist Arzt. Eva arbeitet drei Tage die Woche in einem Kosmetiksalon. Bis ich eine Arbeit finde, helfe ich Eva im Haushalt. Ich wohne in der Kellerwohnung, habe einen Schlaf- und Wohnraum und ein tolles Bad. Alles ist hell und gemütlich eingerichtet, Eva hat es mir schön gemacht. Meine Verwandten bürgen für mich, ich erhalte die amerikanische Staatsbürgerschaft mit Arbeitserlaubnis – die Green Card – nach sechs Wochen. Meine Schwester ist eine Dame, sie hat viel Geduld mit mir. Alles, was sie sagt und tut, geschieht mit Liebe. Schnell lerne ich Amerikanisch, denn ich habe mit Eva ausgemacht, dass sie nur Amerikanisch mit mir reden soll. Mein Schwager freut sich, seine spanische Familie ist groß. Überall werde ich eingeladen und gut aufgenommen, die spanische Küche gefällt mir auf Anhieb. Ich freunde mich mit Evas spanischen Nichten und Neffen an, die in meinem Alter sind, und schon bin ich nicht mehr allein.

Dann bekomme ich auch Arbeit in einer großen amerikanischen Bank. Olga, die Schwester meines Schwagers, arbeitet dort und hat sie mir vermittelt. Ich muss Kontoauszüge sortieren und verteilen, eine leichte Aufgabe und gut bezahlt. Dadurch kann ich meiner Schwester jetzt Miete zahlen, ich fühle mich wohl dabei. Weiterhin helfe ich im Garten oder versorge den Haushalt, manchmal passe ich auf Henry auf. Eva kann ich eine große Freude machen, wenn ich deutsche Gerichte koche.

Meine neuen Freunde holen mich ab, wir gehen aus. Antonio fühlt sich für mich verantwortlich. Wir sind immer ein paar Mädchen und Jungen, wir tanzen bei Live-Musik in einer Bar. Junge Leute laufen an mir vorbei, einer sieht mich ganz kurz an, sieht weg und sieht mich schnell wieder an, bleibt stehen und zieht seine Augenbrauen hoch. Wir sehen uns nur an, und ich bin sofort verliebt. Wie ein Blitz hat mich dieser Blick getroffen. Freunde stellen uns einander vor, er heißt Rafael. Meine

Knie werden weich, so ein Gefühl hatte ich noch nie. Er ist nur ein bisschen größer als ich, so einen gut aussehenden Mann habe ich noch nie gesehen. Wir tanzen bei spanischer Musik: »Besame mucho« und »Quantanamera«. Wir sehen uns die ganze Zeit über an, bis er sagt: »Wo warst du? Warum sehe ich dich jetzt erst?« Rafael stellt sich meinem Schwager und meiner Schwester vor, er bringt Blumen für meine Schwester und mich mit und bittet nach einem langen Gespräch mit uns, mit mir ausgehen zu dürfen. Er darf. Rafael führt mich in schöne Tanzlokale und feine Restaurants aus, zeigt mir die Stadt und ihre Sehenswürdigkeiten, die Regierungsgebäude, die Museen, die historischen Stätten. Er singt für mich überall: im Auto, durch das Telefon, im Lokal und am Strand. Für drei Tage fahren wir nach New York: Auch hier zeigt er mir alles, was sehenswert ist. Rafael verwöhnt mich, er wird die erste große Liebe in meinem Leben. Einige Freunde habe ich gewonnen, wir unternehmen viel an freien Tagen. Ich sammle viele neue Eindrücke. Meiner Schwester und meinem Schwager bin ich sehr dankbar.

Aber nach fast zwei Jahren bekomme ich Heimweh. Ich spreche mit Rafael und Eva darüber, doch mein Entschluss, nach Deutschland zurückzukehren, steht fest. Zwei Monate später ist es soweit. Ein paar Tage vor dem Abflug hat Rafael eine Überraschung für mich: Er holt mich in einer Limousine ab und trägt einen Smoking. Wir fahren in ein bekanntes Hotel, wo ein Tisch für zwei gedeckt ist. Mein aus Korb geflochtener Stuhl ist mit Blumen geschmückt, Live-Musik erklingt, Rafael tanzt mit mir und singt mir unser Lied »Precious Love« ins Ohr. Ich liebe ihn, aber ich habe auch Heimweh. Er spricht von Heirat und will mir einen Ring schenken, doch ich kann ihn nicht annehmen. Ich verspreche wiederzukommen. Ich spüre jedoch, dass ich nicht zurückkommen werde. Noch möchte ich mich nicht binden. Sehr viel Erlebtes, Liebe und Freude nehme ich mit mir nach Deutschland mit.

Wegkreuzung

Ich lebe jetzt mit meinem Zwillingsbruder in München in seiner Wohnung. Er nimmt mich spontan auf, nachdem ich aus den Staaten zurückgekehrt bin. Zuerst halte ich mich in Waldesflur auf, aber ich finde so schnell keine Arbeit in der Nähe. Meine Eltern haben sich verändert, sie gehen nicht mehr so nett miteinander um. Meine Schwestern Antina und Ruth benehmen sich unfreundlich mir gegenüber. War ich zu lange weg von zu Hause? Habe ich mich verändert? Oder haben die anderen eine Veränderung durchgemacht? Alles ist unwirklich, so kalt und grau. Thomas weiß keine Antwort. Ich habe wieder Arbeit: als Schwesternhelferin in einem Altenpflegeheim in München. Wir Zwillinge verstehen uns gut und genießen die Stadt. Wir unternehmen viel und treffen unsere alten Freunde. Meine Schwestern leben in der Nähe, Thomas hat eine Freundin und möchte heiraten. Wir planen, unseren Zwillingsgeburtstag zusammen zu feiern.

Meine beiden Schwestern Ruth und Antina haben auch Pläne für mich: Die kleine Schwester Verena soll endlich unter die Haube. Heiratspläne werden geschmiedet, aber erst darf ich noch meinen Geburtstag feiern. Antina fädelt durch Heiratsanzeigen einiges ein, Mutter wird eingeweiht und ist einverstanden. Es soll ein Mann mit Geld sein, das Alter spielt keine Rolle. Die Hauptsache ist doch, finanziell gut versorgt sein: Ruth und Antina, selbst Mutter reden oft davon. Unseren Zwillingsgeburtstag feiern wir mit all unseren Freunden im Tanzlokal »Old Castle«. Ruth hat eine Freundin, deren Sohn Alexander heißt. Die Leute haben eine Metzgereikette in München. Der ist der Richtige, der soll mich heiraten. Mutter ist einverstanden. Ruth fädelt die Bekanntschaft mit Alexander ein, rein zufällig ist er auch auf meinem Geburtstag. Wir feiern, tanzen, trinken und landen gegen Morgen in seinem Zimmer. Erwischt! Ruth und Alexanders Mutter stehen plötzlich in der Tür. »Ihr müsst jetzt heiraten!«

Alexander und ich lassen uns breitschlagen. Wir heiraten, sind aber sehr unglücklich dabei. Anfangs versuchen wir, gute Eheleute zu sein, aber es geht nicht. Wir mögen uns zwar, aber wir lieben uns nicht. Trotzdem bekommen wir einen Sohn. Felix kommt bei einer sehr langen und schweren Geburt zur Welt, er wird mit der Zange geholt und wiegt 8 kg. Alexander ist mit unserem kleinen Sohn überfordert. Er kann unsere Ehe nicht retten. Nur ein paar Monate später ziehe ich aus der gemeinsamen Wohnung aus. Unseren Sohn nehme ich mit. Wir beide wissen längst: Als Ehepaar taugen wir zusammen nicht, wir gehen aber im Guten auseinander.

Vaters Tod

Meine Eltern nehmen mich und meinen kleinen Sohn auf. Schon am nächsten Tag beziehe ich mein altes Zimmer, gehe auf Arbeits- und Wohnungssuche. Ich habe sofort Erfolg: In dem Krankenhaus, in dem ich gelernt habe, ist eine Stelle frei. Auch eine Wohnung finde ich. Da ich immer sparsam war, habe ich etwas auf die Seite legen können. Außerdem zahlt Alexander regelmäßig Unterhalt und gibt mir auch Startkapital. Da wir nicht böse miteinander sind, nehme ich es gerne für Felix. Innerhalb von zwei Wochen kann ich umziehen und meine Arbeit aufnehmen. Mein Sohn Felix kommt in eine Tages- und Nachtkrippe; da weiß ich, dass er gut aufgehoben ist. Ordensschwestern leiten diese Kinderstätte, die an das Krankenhaus, in dem ich arbeite, angeschlossen ist. Mein Sohn ist also nah bei mir.

Vater ist anders als früher: ruhig, verschlossen und noch ernster als gewöhnlich. Mutter hat ihn aus dem ehelichen Schlafzimmer ausquartiert. Mein Vater spielt in unserer Familie die Rolle des Ängstlichen. Mutters Optimismus, ihre Energie und Dynamik sind ihm manchmal unheimlich. Gegen den Weiberladen von Frau und Töchtern kommt er nicht an. Er ist eifersüchtig auf Mutter, ihre Schönheit, ihr musikalisches Talent. Er will nicht, dass sie öffentlich auftritt. Mutter und meine Schwestern lachen ihn manchmal aus. In den letzten Jahren seines Lebens ist Vater depressiv. Einmal sagt er zu mir: »Ich weiß nicht, was ich hier überhaupt noch darf.« Mutter konnte ihm nicht verzeihen, dass er früher eine Geliebte hatte. Ich hörte, wie Antina mit Mutter darüber sprach. Mein Vater erscheint mir manchmal wie ein Lehrer oder Schuldirektor. Ich fühle mich eher als Schülerin denn als Tochter. Er tut sich schwer mit Zärtlichkeit und Wärme. Mutter fährt zur Kur, am nächsten Tag ziehe ich in meine Wohnung. Vater verabschiedet mich seltsam herzlich, als ich mit meinem Sohn Waldesflur nun verlasse.

Es ist ein Freitagvormittag. Mutter ist noch in der Kur, mein Zwillingsbruder ist mit Frau und Kind bei Vater zu Besuch. Vater ist die ganze Nacht durch das Haus gelaufen. Sein Enkel spielt im Laufstall, als Vater auf dem Sofa zusammenbricht und stirbt. Er wird nur 55 Jahre alt. Ich leide und trauere um meinen Vater; einige Dinge bleiben nun unausgesprochen. Schlaf gut, Vater. Ich sehe sein wächsernes, aber entspanntes Gesicht. Ich verabschiede mich für immer von ihm. Ein Teil meines Lebens ist gegangen, ein Stuhl an dem Tisch in meinem Elternhaus bleibt nun leer.

Das Leben danach

Nach dem Tod ihres Mannes fällt Mutter in ein tiefes Loch. Ich sehe immer die Gestalt von Marika Rökk vor mir, wenn ich an Mutter denke. Wie diese Tänzerin, Sängerin und Schauspielerin kann Mutter singen, steppen, tanzen, Rollen spielen, inszenieren. Mutter ist in Waldesflur beliebt. Sie arbeitet in verschiedenen Tätigkeiten, an wechselnden Plätzen, findet sich schnell zurecht. Sie ist dominant, manchmal ein bisschen laut. Widerworte schätzt sie nicht. Ihr Lieblingssatz ist: »Halte durch!« Dieser Satz hat das Schicksal wohl nicht weniger Menschen der 20er Jahre-Generation geprägt. Als Kind fragte ich sie einmal: »Bist du meine richtige Mutter?« Meine beiden Schwestern Ruth und Antina sind ihre Lieblinge. Ihr Wort gilt. Mutter kann nichts für sich behalten. Ihr Herz liegt auf der Zunge. Sie erzählt alles, was ich ihr anvertraue, meinen beiden Schwestern. Als ich das begreife, behalte ich fortan wichtige persönliche Empfindungen und Ereignisse für mich.

Zwei Jahre nach Vaters Tod ist Mutter wieder glücklich. Sie heiratet den Maler Helm Junghans. Er zieht in das Haus in Waldesflur ein. Meine Schwestern haben beide zusammengebracht. Mutter ist jetzt wieder die schöne, lebhafte Frau. Sie organisiert den Maler, seine Ausstellungen, den Verkauf und übernimmt für ihn die Zusammenarbeit mit der Presse. Helm Junghans verehrt meine Mutter. Er fördert ihre musischen Talente, die Vater eher fürchtete und unterdrückte. Er lockt die kreative Seele sich zu entfalten. Er ruft voller Überschwang: »Heilige

Irma, ich bete dich an!« Sie reisen viel. Helm Junghans kennt die Welt, einmal ist er zu Fuß von Bayern nach Jerusalem gepilgert. Mutter malt, singt und schreibt.

Sieben glückliche Jahre dauert ihr zweites Leben mit Helm Junghans. Für mich jedoch ist unser Haus in Waldesflur nicht mehr das Haus meiner Kindheit. Mein Wattenest ist jetzt Helms Haus. Nicht weit davon im Wald findet Helm eine Quelle mit gutem Trinkwasser. Er sammelt Kräuter und Pflanzen, er kennt die Natur. Als Helm Junghans nach fast acht Jahren Ehe mit meiner Mutter stirbt, wird meine Mutter dement. Ihre Lebensenergie, ihr Lebenswille verändern sich, gehen dorthin, wohin ihnen niemand folgen kann.

Dämonische Schwestern

Ich habe zwei Schwestern, die in meinem Leben auf unterschiedliche Art das Böse verkörpern. Ruth vergleiche ich mit einer schönen, feurigen Zigeunerin, die es versteht, ihre dunklen langen Locken spielen zu lassen. Sie spezialisiert sich auf reiche, ältere Männer. Sie wohnt einige Jahre auf dem Land. Ihr wesentlich älterer und reicher Ehemann ist Wirtschaftsprüfer und hat sein Büro in München. Sie spielt mit mir, behandelt mich wie ihre Puppe. Sie nimmt mir weg, was ihr in meinem Leben gefällt: mal ein Kleid, mal ein Schmuckstück, mal einen Freund. Sie trinkt und ich darf sie dann mit dem Auto durch die Stadt fahren. Sie hat unruhige, gierige Gesichtszüge und liebt Schmuck, Pelze und jede Art von

Luxus. Wenn sie etwas haben will, kann sie jeden überreden, es ihr zu schenken. Für sie bin ich Tauschobjekt und Handelsware, ich soll ihr Vorteile einbringen. Vielleicht hat der Tod ihres Verlobten diese dunkle Seite in ihr gefördert. Er verunglückt früh; sie ist damals noch keine 18 Jahre alt.

Die andere Schwester, Antina, ist eine zweite Ausgabe von Mrs. Danvoss, der Haushälterin in dem Buch Rebecca von Daphne Du Maurier. Antina hasst mich. Sie ist der Teufel in der Familie: groß und schlank, aber auch irgendwie wie ein verschrumpelter Apfel. Beide Schwestern arbeiten erfolgreich daran, mich in meine zweite Ehe schlittern zu lassen: eine Zeit der Gewalt und Erniedrigung, die ich mehr tot als lebendig verlasse.

Vor dem Inferno

Nach der Scheidung von Alexander und dem Tod meines Vaters lerne ich ein Geschäftsehepaar – Renate und Leo – kennen, deren Sohn gleichaltrig ist mit Felix. Sie laden mich und ihn spontan in ihr Jagdhaus ein; beide sind leidenschaftliche Jäger. Sie merken bald, dass es mir sehr viel Freude macht, im Wald zu sein. Und da unsere Söhne schön miteinander spielen, werde ich immer häufiger in das Jagdhaus eingeladen. Ich kann die freien Wochenenden kaum abwarten, so gut gefällt es mir dort. Meine neuen Freunde sind älter als ich. Sie richten mir und meinem Sohn ein Zimmer ein, Renate hat sogar noch ein altes Kinderbett, das wir aufmöbeln. Leo kocht sehr gern und verwöhnt uns an den Wochenenden mit Wildgerichten. Andere Gäste sind auch ab und zu da. Wenn die Kinder versorgt sind und schlafen, heizt Leo die Sauna an. Nach dem Schwitzen kühlen wir uns in einem Bach hinter dem Haus ab. So frei und unbeschwert bin ich unter und mit meinen Freunden. Ich gehe mit auf die Pirsch und lerne die heimischen Waldtiere kennen. Stundenlang kann ich durch den Wald streifen, mit meinem Sohn auf dem Rücken in einem Tragegestell. Pilze werden gesammelt und lecker zubereitet. Aus Kräutern, die wir sammeln, machen wir Tees und Kräuterbutter. Ich bekomme sogar den Schlüssel von dem Jagdhaus und kann, wann immer ich möchte, mit Felix hierher kommen. Das tue ich gern, diese Menschen sind so gut zu mir. Als Dank putze ich das Jagdhaus und versorge den kleinen Garten. Alles blitzt und frische Blumen stehen auf dem Tisch, wenn Renate und

Leo freitagabends kommen. Dann trinken wir ein Glas Wein, unterhalten uns oder lassen einfach alles Schöne auf uns wirken: den Geruch des Waldes, die Geräusche und das Abendlicht.

Von meinen Schwestern halte ich mich fern. Doch sie nehmen Witterung auf, wollen alles wissen, mit wem und wo ich bin. Sie wollen meine neuen Freunde kennen lernen. Ich verrate jedoch nichts, wahre Abstand denn sie sind und denken böse. Ich würde mich herumtreiben und Sexorgien veranstalten, halten sie mir vor. Freude, Ruhe und Entspannung habe ich an den Wochenenden, mein Sohn ist bei mir. Arbeiten gehe ich auch gern. Aber meine Schwestern bohren und lauern. So geht es anderthalb Jahre. Das Beisammensein mit Renate und Leo genieße ich sehr, ich bin Ihnen sehr dankbar für die gute Zeit, die ich mit Ihnen haben und verbringen darf.

Rendezvous mit dem Teufel

Meine zwei dämonischen Schwestern Ruth und Antina verkuppeln mich an einen teuflischen Menschen. Sie und Mutter bedrängen mich, ich solle wieder heiraten. Eine junge Frau mit Kind, ohne Mann, ist eine Schande in ihren Augen. Als ich widerspreche, droht mir Antina rabiat: »Du bekommst was auf die Fresse, wenn du nicht tust, was wir dir sagen!« Mutter und Ruth nicken: »Wir wissen am besten, was für dich gut ist.« Meine Schwestern geben Kontaktanzeigen auf, sie locken mich in Lokale und stellen mir potenzielle Ehemänner vor. Ich wehre mich und will sie zur Rede stellen, aber Antina schlägt mir ins Gesicht. Sie droht mir, wenn ich nicht spure, verlöre ich Arbeit und Kind. Ich werde wieder magenkrank, die Gastritis bricht wieder aus. Immer wieder locken, umgarnen und überreden sie mich: »Du wirst schon einen Mann finden, wir helfen dir dabei.« Manchmal wage ich es mich zu wehren: »Ich suche mir meinen Mann selber, lasst mich in Ruhe!« Doch ich wehre mich wohl nicht entschieden genug. Sie lassen bei ihren Überredungsversuchen keinen Trick aus: »Denk einmal nach, Du wolltest Ordensfrau werden, die müssen auch alles tun, was man ihnen aufträgt. Bist du gut oder nicht?« Damit haben sie mich da, wo sie mich haben wollten.

Ihr bevorzugter Heiratskandidat ist ein geschiedener, wesentlich älterer Mann mit vier Kindern im ostfriesischen Moorland. Ich steige mit meinem Sohn Felix in den Zug nach Norden. Onno, so heißt der Ehekandidat, holt mich am Bahnhof einer ostfriesischen Kreisstadt ab. Wir fahren in sein Haus. Seine vier Kinder warten auf uns. Sie wirken verschüchtert, haben alle die gleichen dicken Pullis und Hosen an. Onno ist Bauleiter für Hoch- und Tiefbautechnik. Ich empfinde eine tiefe Ablehnung für diesen Mann mit seinem haifischartigen Gebiss, das er herzeigt wie ein Schmuckstück. In mir schreit es, niemals, niemals bleibe ich hier. Mein Magen rebelliert, dreht sich um. Mit diesem Mann will ich nichts zu tun haben, geschweige mit ihm leben. »Ich brauche ein Hotelzimmer, ich bleibe nur eine Nacht. Morgen will ich wieder nach Hause«, höre ich mich hastig sagen. Onno schaut mich hinterlistig, irgendwie überlegen an: »Das wollen wir doch erst einmal sehen.« Ich ahne nicht, dass mich dieser Satz für längere Zeit bedrohen und verhöhnen wird.

Wir essen zu Abend. Es gibt Hähnchen. Onno wohnt mit seinen vier Kindern in einem uralten Moorhaus, weit weg von der Hauptstraße und noch weiter vom nächsten Ort. Zur Begrüßung stellt er eine Flasche Korn auf den Tisch. Im Haus nistet ein Schwadengeruch von Alkohol und Nikotin; es ist feucht und dunkel, es modert aus den steifen Polstersesseln. Durch die kleinen Fenster dringt nur wenig Licht ein. Es wird mit Öl geheizt, der beißende Geruch hängt überall in der Luft. Das Bad ist eiskalt, das Wasser wird in einer alten Waschmaschine warm gemacht, um dann in die Badewanne geschöpft zu werden. Der Heizlüfter schafft es nicht, genügend Wärme zu geben. Onno befiehlt seinen Kinder zu verschwinden. Sie laufen sofort und sagen kein Wort. Die vierzehnjährige Tochter Steffi hat die Hausfrauenpflichten wohl schon vor längerer Zeit übernommen. Das Essen ist gut und einigermaßen sauber ist es auch. Trotzdem wirkt alles schmuddelig. Onno erinnert mich in seinem Verhalten an meine Schwestern. Auch er will alles bestimmen, sagt an, was zu tun ist.

In der Nacht geschieht etwas Schreckliches: Onnos siebzehnjähriger Sohn verunglückt bei einer Pkw-Spritztour mit seinem Freund tödlich. Die Polizei überbringt die Nachricht. Onno rast vor Schmerz und Zorn. Er leidet tierisch, schreit und wimmert. Ich kann nichts tun, halte mich im Hintergrund. Ich habe keine Möglichkeit, ein Taxi zu rufen, das mich schnell zum Bahnhof bringt. Frühmorgens kommen die Verwandten in Onnos Haus, sein Bruder bringt mich nach langem Hin und Her endlich weg von diesem traurigen Ort. Onnos Kinder möchten, dass ich bleibe. Steffi weint bitterlich, die beiden Jungen, Ralf und Arno, sitzen ganz ruhig auf der alten Eckbank. Tränen laufen ihnen übers Gesicht, als ich das alte Moorhaus verlasse. Ich atme auf, als ich endlich mit Felix im Zug sitze.

Onno meldet sich schon kurz nachdem ich wieder zuhause bin. Er möchte noch vor der Beerdigung seines Sohnes zu mir kommen und mich zu sich holen. Ich lehne seinen Wunsch am Telefon ab und lege auf. Ich schreibe ihm meine Gründe. Wir wären zu verschieden, und der Altersunterschied sei mir zu groß. Einige Tage später läutet das Telefon. Onnos Tochter Steffi ist am Apparat. Sie schreit und weint in den Hörer: »Papa sitzt im Wohnzimmer auf dem Sofa. Er hält sich eine Pistole an den Kopf. Er will sich erschießen, wenn du nicht sofort zu uns kommst. Hilf uns doch, komm, komm bitte, bitte!«, jammert sie. »Von wo rufst du an«, frage ich. »Von der Telefonzelle« antwortet Steffi, und ich höre wie sie Geld nachwirft. Die aufgeregte, ängstliche Stimme des Mädchens schlägt bei mir ein wie eine Bombe. Ich muss einfach was tun. Aufgrund der vielen angesammelten Überstunden kann ich sofort frei machen. Ich packe Felix in mein Auto, um schneller da zu sein, denn mit dem Zug wäre ich erst Stunden später dort. »Hoffentlich macht er keine Dummheiten, er lässt doch die Kinder in Ruhe?«, denke ich. Als ich bei Onno ankomme, sitzt er auf dem Sofa, vor sich eine fast leere Kornflasche und eine Batterie leerer Bierflaschen. Er trinkt und ist gut gelaunt, als er mich sieht. Onno hat seine Tochter gezwungen anzurufen. Er hat ihr eingetrichtert, was sie am Telefon sagen soll. Er will, dass ich jetzt bei ihm bleibe. Er benimmt sich wie ein Herrscher, hat das Sagen. »Deine Schwestern wollen, dass du hier bei mir bleibst«, lallt er. Er legt sich auf sein Sofa und schläft ein. Felix ist währenddessen bei Steffi in der Küche; sie spielt mit ihm. Ich bedaure sie: Sie ist ein armes Mädchen, Onno lässt sie keine Ausbildung machen, Onno braucht eine Hausfrau und Kinder, die ihm sein Bier holen. Ich rede mit ihr und sie erzählt mir von dem Telefonat. Ich fahre mit Felix sofort wieder nach Süddeutschland zurück.

Doch Onno gibt keine Ruhe. Er stellt Nachforschungen an, will alles über mich wissen. Es gelingt ihm sogar, Einblick in meine finanziellen Verhältnisse zu bekommen. In meinen Kontoauszügen fällt mir auf, dass plötzlich der Kredit über 2.500 DM, den ich wegen meines alten Autos aufgenommen hatte, abgelöst und auch die Überziehung meines Dispos ausgeglichen ist. Ich erkundige mich bei der Bankangestellten, wie das zu Stande kommt. Sie zeigt mir einen Brief, da steht Onnos Name darauf. Er hat den offenen Kredit und die Überziehung beglichen. Ein paar Tage später ruft mich die Schwester Oberin zu sich in ihr Büro. Mit ernstem Gesicht fragt sie mich, warum meine Freunde auf Station anrufen? Ich bin sprachlos und kann mir nicht erklären, wer anruft. Ich habe derzeit keinen Freund. »Ach, Sie haben also mehrere Freunde?«, fragt die Oberschwester. »Nein.«, sage ich, »Ich lebe mit meinem Kind alleine.« Onno belästigt mich weiter. Nachts lege ich den Telefonhörer deswegen daneben. Meine Kolleginnen meiden mich und sprechen kaum mit mir. Einige Tage später klingelt im Stationszimmer das Telefon. Da die Stationsschwester gerade nicht im Raum ist, nehme ich das Gespräch an. »Hallo, hier ist Georg«, sagt eine mir unbekannte Stimme. »Richten Sie Schwester Verena aus, ich warte heute um 20 Uhr auf sie«. »Wer sind Sie?«, frage ich den Fremden, »Was wollen Sie von mir?« Es wird aufgelegt. Die Stimme kenne ich nicht, aber den Dialekt. Onno hat seine Finger im Spiel. Das Telefon klingelt wieder, ich melde mich. Onno ist dran. »Was willst Du von mir«, zische ich in den Hörer, ich zittere am ganzen Körper vor Wut. »Du heiratest mich oder ich zeige dich an wegen Heiratsschwindlerei. Du hast dich bezahlen lassen.« »Das ist eine Lüge!«, schreie ich. »Lass mich in Ruhe, Onno!« »Du hast mir die Ehe versprochen, und ich habe deine Schulden bezahlt.« Meine Mutter bietet mir keinen Schutz; sie ist mit ihrem neuen Mann beschäftigt. Sie sagt nur: »Denke immer daran, Verena: Glaube immer an das Gute, und wenn du Gutes gibst, bekommst du es doppelt zurück. Die Kinder brauchen dich, und deinem Sohn geht es dort auch besser. Du brauchst nicht mehr zu arbeiten.« Meine dämonischen Schwestern reden auf mich ein, ich sei durch diese Heirat gut versorgt. Ich erzähle von dem alten Moorhaus und dem Drum und Dran. »Verena, du bist eine kreative Person, richte das Haus nach deinem Geschmack her, der Mann hat Geld, der liebt dich. Wir telefonieren manchmal mit Onno.« Ich habe keine Hilfe, mein Bruder hat keine Zeit zu reden, er steckt in seinen eigenen Sorgen. »Tu, was dir erfahrene Menschen raten«, sagt er.

Am Abgrund

Ich weiß nicht, wie es dazu kommt. Ich ziehe 1980 in Onnos Haus ein, zu einem Menschen, der mir unheimlich ist und dazu 18 Jahre älter als ich. Onno arbeitet oft auswärts, noch lässt er von mir ab. Wenn er sich mir im Bett nähert, wird mir schlecht. Als er einmal meine Brust berührt, übergebe ich mich sofort. »Ich bin krank und leide an chronischem Erbrechen, wenn ich mich aufrege«, ist meine Ausrede. Das glaubt er mir. Er versucht nett zu sein, aber das gelingt ihm nicht. Er besinnt sich lieber auf seine grobe und ordinäre Art. In mir zieht sich alles zusammen.

Mit 25 Jahren bin ich vierfache Mutter, habe ein eigenes und drei Stiefkinder. Die Trauung findet im engsten Familienkreis statt, nur mit seiner Familie. Ich will meine Familie nicht dabei haben, bin froh, dass sie verhindert ist:

Mutter, Helm und meine Schwestern machen Urlaub auf einer der Kanarischen Inseln. Onno gibt mir die Schuld: Ich hätte viel zu spät die Einladung ausgesprochen. Die ersten Schläge bekomme ich kurz nach der Heirat. Ich trage meine schönen Kleider und alles, was ich mir selbst entworfen habe. Onno kommt von der Arbeit und ich fahre auch gerade auf das Grundstück. Aus dem Auto heraus schreit er: »Was ist das für ein Kleid? Warum trägst du das? Wo warst du?« Steffi kommt aus der Tür. So laut schreit Onno, dass sie ihn hört. Sie hat Felix auf dem Arm. »Du lässt dein Kind hier, um huren zu gehen, du Schlampe?« Er greift mich am Arm, schleift mich in die Garage und schlägt auf mich ein. Ich weiß nicht, wie mir geschieht. Ich schmecke Blut, mein Kopf dröhnt und mein Gesicht schmerzt. Ich weine. »Was ist bloß aus mir geworden, wer bin ich, warum macht man das mit mir?«, frage ich mich. Am nächsten Tag entschuldigt er sich. Er kommt mit Blumen, sagt etwas forsch und verlegen: »Es tut mir leid. Du bist selbst schuld. Du hast mich soweit gebracht. Sieh zu, dass es nicht wieder vorkommt.« Ich sehe ihn nur an. Onno weiß, was sich gehört, er denkt weiter. Zu meiner Familie – den Schwestern und Mutter – hält er die Verbindung. »Verena hat sich leider wieder einmal völlig daneben benommen«, berichtet er. »Ich musste sie bestrafen. Die Schläge haben mir selbst am meisten weh getan.« Er ruft in der Familie an, er schickt Telegramme, er gibt den Ton an, macht die Musik. Sein Lieblingswort ist Hure. Er nennt mich so, weil es ihn anmacht. Viele Male verweigere ich mich ihm. Manchmal nimmt er mich – bevor es zu Schlägen kommt, lasse ich es lieber zu.

1982 und 1984 werden uns zwei Söhne geboren: Benjamin und Marcus. Ich habe nun sechs Kinder. Bei der letzten Geburt verliere ich viel Blut, und da ich von Natur aus sowieso unter Blutarmut leide, bin zu schwach, um das Krankenhaus zu verlassen. Trotzdem holt Onno mich am nächsten Tag ab. Er trägt in der Nachbarschaft herum, dass ich die Kinder und sein Haus vernachlässige. Ich zwänge ihn so, mich zu bestrafen. Die Nachbarn sehen die Spuren von Onnos Gewalttätigkeiten in meinem Gesicht. Er lässt sie wissen, dass ich eine Hure, eine Schlampe sei, die Schläge verdiene. Im Dorf kennt man seine Neigung zur Gewalt. Er beleidigt und prügelt gern, ist darum gefürchtet. Meine schönen Kleider und Hosen, alles hat er in einem Tobsuchtsanfall zerrissen und zerschnitten. Seine Schwestern und Brüder – alle wissen um ihren bösen Bruder. Leute, von denen ich vielleicht Hilfe erwarten könnte, sehen weg.

Zu den Geburtstagen sind alle zusammen und gaukeln eine heile Welt vor. Anfangs spiele ich noch meine Instrumente und singe bei diesen Familienfeiern, dann will ich es nicht mehr. Diese Menschen sind es nicht wert, dass ich noch für sie Musik mache. Onno ist so böse auf mich, dass ich nicht tue, was er will. »Mir ist nicht danach zumute«, sage ich ihm offen ins Gesicht, »mit zerschundenen Armen und einem blauen Auge kann ich nicht musizieren und singen, Onno«. »Das werden wir ja sehen!«, erzürnt sich Onno. Mitten in der Nacht holt er mich aus dem Bett, ich rieche Feuer, er zerrt mich in den Garten. »Da«, schreit er, »soweit hast Du mich wieder gebracht.« Ich sehe meine Instrumente, lichterloh brennen sie wie ein Scheiterhaufen: Alexanders Wandergitarre, die Altflöte von meinem Lieblingslehrer, meine Mandoline, die Flöte, das erste Glockenspiel, die Mundharmonika – ein Geschenk von Chris –, die Notenbücher, mein schöner gedrechselter Notenständer. Ich bin stumm vor Schreck und gelähmt. Ich stehe nur da. Und mit dem Verbrennen meiner Instrumente verbrennen meine Stimme und die Fingerfertigkeit zu spielen. Ich erledige die Hausarbeit, die Kinder wollen sich mir nähern, aber es ist nicht so einfach. Die Kinder benehmen sich eigenartig, ängstlich, lauernd, sie beobachten mich. Mit Felix gehen sie gut um und spielen mit meinem kleinen Sohn. Steffi überrede ich, eine Anstellung zu suchen. »Du musst hier weg«, sage ich zu ihr. »Du bist 15 Jahre, ich helfe dir, eine Arbeit zu finden.« Sie möchte auch gern, aber sie hat Angst, so wie ich. Ohrfeigen oder Beleidigungen müssen auch seine Kinder ertragen. Seine Söhne bezeichnet er als Verbrecher und Steffi als saublöd und zu nichts tauge. Ich erzähle Onno von der Idee, Steffi eine Arbeit zu suchen. Erst ist er nicht einverstanden, aber nach ein paar Tagen willigt er ein; ich darf mich sogar darum kümmern. Steffi ist glücklich von hier fort zu kommen. Auf der Insel Borkum bekommt sie eine Stelle als Haus- und Küchenhilfe in einem Kindererholungsheim. Ich bin froh, dass dieses schüchterne, fleißige Mädchen endlich aus diesem Haus und von ihrem bösen Vater fort ist. Die Jungs sind allerdings noch hier: Es gibt Ärger in der Schule, nachts bringt sie die Polizei nach Hause, weil sie sich herumtreiben, wahrscheinlich vor Kummer. Ich kann ihnen die Mutter nicht ersetzen, die sie sehr vermissen. Frage ich nach ihr, wird Onno wild wie ein Stier. Also lasse ich es. Seit einiger Zeit sind die Schmerzen im Magen unerträglich. Ich suche den Arzt auf. Seine Diagnose lautet chronische Gastritis und Darmentzündung. Ich bekomme Tabletten und Spritzen. Onno ist das egal; er kennt kein Mitgefühl, keine Gnade. Ich lasse ein Telefon installieren, Onno tobt vor Wut. Ich rede ihm ein, ich möchte, dass du mich zwischendurch anrufst, damit ich weiß, wie es dir geht, wenn du nicht hier bist, weil Du im Moment wieder auswärts arbeitest. »Also gut, so kann ich dich auch besser kontrollieren«, sagt er mit einem wissenden Grinsen im Gesicht und trinkt Schnaps.

Auf der Flucht

Immer wieder will ich Onno entkommen, ich halte das alles nicht durch. Ich fliehe in meine bayerische Heimat, suche Zuflucht in der näheren und weiteren Umgebung. Onno nimmt sofort meine Spur auf. Er verfolgt mich, zwingt mich in sein modriges moorriges Haus. Seine Drohung, mir die Kinder wegzunehmen, macht mich weich und nachgiebig. Die dämonischen Schwestern, auch Mutter, hat er auf seiner Seite. Sie geben mir Fahrgeld für die Rückfahrt oder rufen ihn an, damit er mich abholt. Einmal liegt er nach Schlägen und Beschimpfungen betrunken auf dem Sofa, ich nehme den Nachtzug und komme grün und blau geschlagen am Bahnhof an. Doch Onno ist schneller mit seinem Auto und wartet schon auf mich. Ich kann nur wieder in sein Auto einsteigen und mit ihm zurückfahren. Für ihn ist es ein Sport, mich zu jagen und zu hetzen.

Ich bekomme Asthma. Der Arzt sagt, das sei nichts Organisches. Mir geht es schlecht. In einem Anfall von Mitleid schickt mir meine Schwester Ruth Geld; sie lallt am Telefon, ist ganz anders als sonst. Ihr tue alles so Leid und sie schicke das Geld sofort ab. Ich glaube ihr nicht, aber sie hält Wort. Onno darf nichts erfahren, er würde mir das Geld wegnehmen. Der Briefträger bringt an einem Samstag das Geld ins Haus. Doch Onno ist zu Hause. Als er das Geld sieht, nimmt er es sofort an sich. Als der Briefträger etwas dazu sagen will, schmeißt er die Tür zu, und ich bekomme Prügel. Ihm allein steht das Geld zu – das entspricht Onnos Gerechtigkeitssinn. Wenn Onno mich wieder einmal nach einer meiner Fluchten aufgespürt hat, trichtert er mir unter Schlägen ein: »Ich spüre dich auf, ich finde dich! Du entkommst mir nicht!« Ich glaube ihm, weiß es aus vielmaliger leidvoller Erfahrung. Einmal meldet er sich krank und leiht sich einen Wohnwagen: Nur zwei Wochen braucht er, um mein parkendes Auto zu finden. Ich hatte drei Straßen weiter eine kleine Wohnung und wollte nur an die Luft mit meinen Kindern, da schlägt mir von hinten eine Faust ins Gesicht.

Ich will arbeiten: pflegen, putzen, eigenes Geld verdienen. Ich arbeite als Gemeindepflegerin im Sozialdienst, habe ein Dienstfahrzeug und werde gut bezahlt. Onno ist eifersüchtig und stellt mir sogar auf der Arbeit nach. Meine Einsatzleiterin stellt mich zur Rede; ich breche zusammen und erzähle ihr, dass er brutal und böse sei. »Ja, das weiß ich«, sagt sie, »Ihre ständigen blauen Flecken sind ja nicht zu übersehen.« Sie versucht zu helfen, aber

Onno macht auch dieses kaputt. Ich werde gekündigt, er beschimpft die nette Frau als Hure. Ich schäme mich sehr.

Ich schlage Onno vor, einen Imbiss zu eröffnen. Er ist einverstanden und kauft in Holland ein großes Wohnmobil: neun Meter lang und drei Meter breit. Ich helfe bei dem Umbau und kaufe gute gebrauchte Geräte. Ich eröffne einen Imbiss an einem viel befahrenen Standort. Ich zahle 100 DM Pacht pro Monat für den Standplatz. Es ist ein schöner kleiner Imbiss mit Terrasse, Stühlen, Tischen und Toilette. Meine Frikadellen sind bald berühmt. Ich schenke keine alkoholischen Getränke aus. Das Geschäft läuft gut an; ich stelle zwei Frauen ein, da ich das nicht mehr alleine schaffe. Zu Hause hilft mir eine junge Frau von morgens bis nachmittags; meine Kinder sollen gut versorgt sein. Ich bin nachmittags und abends zu Hause, am Vormittag arbeite ich im Imbiss. Frikadellen bereite ich selber zu, auch Schnitzel und Koteletts schneide ich selber, da ich alles im Angebot kaufe. Sogar Hotels und Gaststätten werden von mir mit Frikadellen beliefert. Eines Sonntagabends ruft mich eine der Verkäuferinnen vom Imbiss aus an. Mein Mann wäre gerade da gewesen und hätte die Tageseinnahmen mitgenommen. Ich frage nach dem Betrag und erschrecke, lasse mir jedoch nichts anmerken und sage, dass das in Ordnung und so abgemacht gewesen wäre. Am Wochenende kassiert Onno meine Einnahmen: Er braucht Geld für seine regelmäßigen Ausflüge ins Bordell der Großstadt, in der er arbeitet. Er hat sich damit abgefunden, dass ich ihn nicht lieben kann. Für sich lässt Onno das Alkoholverbot im Imbiss nicht gelten; er bringt Schnaps und Bier ganz einfach selbst mit. Er besudelt mein kleines Geschäft, an dem ich Abwechslung und Freude habe. Er pöbelt Leute an oder wirft junge Männer aus meinem Imbiss, die sich einfach nur ein bisschen unterhalten wollen. Er schlägt mich auch im Imbiss, wenn ich ihm mein Geld nicht gebe, um es im Bordell auszugeben.

Für den Imbiss habe ich Verstärkung bekommen: Phillip, ein Mann meines Alters. Er ist Stammgast und hilft oft einfach so, ohne Bezahlung, ohne etwas zu fordern. An den Abenden und den Wochenenden ist Phillip da, er gibt mir sogar seine Telefonnummer, falls es brennt. Meine Frauen im Imbiss schwärmen von seiner Hilfe und seinem Charme. Ich gebe ihm trotzdem einen kleinen Geldbetrag, und er kann frei essen und trinken. Um die Einnahmen vor Onnos Gier in Sicherheit zu bringen, bitte ich Phillip, samstag- und sonntagabends die Beträge in einer Geldbombe zur Bank zu bringen. Die Verkäuferinnen klagen Onno vor, das Geschäft laufe schlecht seit einiger Zeit. Sie halten zu mir. Phillip erledigt Einkäufe und bringt jetzt jeden Abend die Geldbombe zur Bank, die nur drei Häuser weiter liegt. Irgendwie kommt Onno dahinter. Er rast vor Eifersucht und Wut; seine Schläge sind so heftig und brutal wie nie. Ich habe Angst, bekomme keine Luft mehr, rufe den Krankenwagen selber an.

Nachts im Krankenhaus werde ich wach. Onno ist über mich gebeugt, er riecht nach Alkohol. Er schlägt auf mich ein: »Du Hure, du hast ein Verhältnis mit dem

Briefträger!« Ich schreie um Hilfe. Ich werde auf eine andere Station verlegt. Der Arzt, der mich am nächsten Tag untersucht, will, dass ich eine Anzeige mache. Meine Arme sind blau, mein Gesicht ist geschwollen und ich bin viel zu dünn. Das Jugendamt wird eingeschaltet. Eine Mitarbeiterin der Diakonie kümmert sich um meine Kinder. Onno vergisst nicht, mich bei den Ämtern und anderen Stellen ins rechte Licht zu setzen. Er nennt mich dort eine Mutter, die ihrer Verantwortung gegenüber den Kindern nicht gerecht wird. Mir verschlägt es den Atem, ich bin sprachlos. Ich spüre, das Lügengebilde ist zu groß, zu mächtig; ich kann nicht darüber hinweg schauen. Ich bin allein. Alle haben mich verlassen. Onnos Geruch liegt schwer auf mir: Er ist modrig, kloakig, schnapsig, nikotinisch, moorig. Es ist ein teuflischer, quälender Geruch, der mir die Luft abschnürt. Onno frisst mich an wie ein Krebs. Er begnügt sich nicht mit meinem Körper. Er bohrt sich in Geist und Seele hinein. Er gibt heimlich Valium in mein Essen und meinen Tee. Er macht und hält mich klein.

Dunkle Schatten

Onno hasst die Katholiken. Er drängt, zwingt mich, aus meiner Kirche auszutreten. Er will seine Kinder nicht katholisch taufen lassen. Ich gehe zum Pfarrer, erkläre ihm meine Lage. Er ist entsetzt, denn er kennt mich von meinen heimlichen Kirchgängen. Er sagt empört: »Sie werden mit Pauken und Trompeten in die Hölle fahren, wenn Sie das weiter zulassen! Behalten Sie ihren Glauben!« »In meinem Herzen, ja, da bin ich weiter meinem Glauben treu«, sage ich zu ihm. »Ich verliere eine Stütze, ich weiß.« Onno lacht mich aus und kichert: »Du blöde Katholenfrau.« Ich trete in Onnos Kirche ein. Meine Kinder sollen getauft werden.

Doch es gibt auch kleine Lichtblicke: Ich lerne durch die Spaziergänge mit meinen Kindern eine junge Frau kennen. Sie ist in meinem Alter, hat zwei Kinder, wir freunden uns an. Wir frisieren uns gegenseitig, machen Modenschau und albern miteinander. Wir gehen zusammen in die Frauensauna. Onno bringt mich hin, holt mich ab; er ist eifersüchtig. Einmal tauschen wir den Termin mit den Männern wegen eines Fußballspiels im Fernsehen. Die Männer überlassen uns Frauen die Sauna. Onno sieht die Männer, als er mich abholt. Obwohl ich ihm vorher Bescheid gesagt hatte, prügelt Onno mich aus der Sauna heraus. Alle sind Zeuge. Ich darf nicht mehr in die Sauna. Onno verbietet mir den Kontakt mit meiner Freundin. Wir haben so gern miteinander gelacht. Aus und vorbei. Es hat drei Monate gedauert, dieses kleine

Zwischenspiel. Ich schäme mich und kann mir vorstellen, was die Leute von mir denken.

Bei einer meiner Fluchten finde ich schnell eine Wohnung in einer emsländischen Stadt. Die Wohnungstür hat eine Glashälfte. Onno findet mich nach ein paar Wochen: Am Abend klingelt es überall im Haus, er weiß, ich würde nicht öffnen. Meine Wohnung befindet sich im dritten Obergeschoss. Onno klopft und tritt gegen die Tür, dass die Scheibe einen Sprung bekommt. Ich habe Angst, mir wird übel, mein Magen krampft sich zusammen. Er schreit: »Mach auf, du Hure, du Schlampe!« Meine Befürchtung wird wahr, er schlägt die Scheibe ganz ein, ich stehe im Nachthemd vor ihm. Mein Sohn Felix klammert sich an mich und die Kleinen weinen. Es ist so laut, er hört nicht auf zu keifen und zu pöbeln. Auf einmal steht meine Nachbarin hinter ihm mit einem Stock in der Hand und fuchtelt damit vor Onno herum. Die anderen Nachbarn sind auch schon auf der Treppe und sehen und hören alles. Ich weine. Die Nachbarin schreit: »Ich habe schon die Polizei angerufen! Gleich werden Sie verhaftet!« »Du alte Tante, misch dich da bloß nicht ein!« Onno ist betrunken Auto gefahren, er hat sich und andere Menschen wieder einmal gefährdet. Warum nur wird er niemals angehalten? Ich hoffe, die Polizei ist jetzt schnell da, aber er rennt schon die Treppe herunter. Ein Mann will ihn festhalten, aber Onno kann sich losreißen. Wieder schäme ich mich so sehr, und wieder muss ich ausziehen. Ich entschuldige mich bei meiner Nachbarin und den anderen, die helfen die Scherben einzusammeln.

Meine Kinder schlafen, ich bin so verzweifelt, er will die Kinder an seinen Körper binden und mit ihnen in den Kanal springen, er nimmt mir die Kinder weg. Er hat Leute, die bezeugen, dass ich eine schlechte Mutter bin. Ich habe solche Angst, meine Kinder zu verlieren. Die Polizei kann nichts tun: Onno ist nicht mehr da. Onno zahlt den Schaden, wie so oft, und damit ist es für ihn auch erledigt. Ich hänge ein Tuch über das Loch in der Tür, damit ich ein bisschen geschützt bin für die Nacht. Onno kommt heute Nacht nicht mehr, denke ich, es ist Samstag, er geht in seine Stammkneipe. Ich habe eine Flasche Wein, ich bin so müde von all den Aufregungen. Ich trinke und weine und lege mich auf das Sofa. Plötzlich steht Onno vor mir. »Ich bin vom Jugendamt«, sagt da eine Frau. Polizei ist auch da. Es ist Morgen, ich bin so erschreckt, ich kann nichts sagen. »Da, sehen Sie selbst, die Frau trinkt. Ich wusste es immer, und die Kinder vernachlässigt sie auch.« »Moment«, sagt da eine Stimme, die ich kenne. Es ist meine Nachbarin, die ältere Dame von gestern Abend. »Wie gut, dass ich noch nicht einkaufen war«, fährt sie fort. Sie spricht zu der Frau vom Jugendamt und den Polizisten, als ob sie mich gut kennt. Ich weine und möchte zu meinen Kindern, die mittlerweile auch aufgewacht sind. Onno ist schnell wieder verschwunden; keiner hat das bemerkt. Die Polizei sagt, ich solle mir ein Telefon anschaffen. Die Frau vom Jugendamt sieht mich an und fragt: »Trinken sie öfters etwas Wein?« Ich sehe sie an. Was für eine Frage, denke ich mir. Die Leute verlassen meine Wohnung. »Keine Angst mehr«, sagt meine Nachbarin, »Ihnen nimmt keiner die Kinder weg.«

Ich werde wieder magenkrank. Onno bringt es fertig, die Kinder bei sich unterzubringen, als ich mit meinen Magenschmerzen zusammenbreche und in ein Krankenhaus komme. Ich hatte so gehofft, dass die Frau vom Jugendamt mir hilft und eine Frau vom Sozialen Dienst bei mir einhütet. Onno habe das Sorgerecht genau wie ich, und da er Urlaub habe, könne er die Kinder versorgen, sagt man mir stattdessen. Nach zwei Tagen werde ich auf eigenen Wunsch entlassen. Onno hat inzwischen meine Wohnung aufgelöst, er zahlt die nächsten drei Monate Miete, und meine paar Möbel stehen in der Garage. Ich bin wieder bei Onno.

Es ist Abend. Es ist neblig, kalt, frostig, feucht, moorig. Ich bin weggelaufen, raus aus dem Haus. Onno sucht mich. Ich will ihn nicht mehr sehen. Ich rieche im Geist seine Fahne, mir wir schlecht, ich muss mich übergeben. Ich sehe die Scheinwerfer seines Autos, ich lege mich in den Graben an der Straße, ducke mich, Onno fährt vorbei. Der Mantel friert im Graben an. Ich will liegen bleiben. Ich rufe um Hilfe, flehe meine Mutter an, mir beizustehen. Ich will so nicht weiterleben. Ich schreie nach meinem toten Vater. Er soll mich mit meinen Kindern von hier fortbringen. Niemand kommt. Ich quäle mich aus dem Graben wieder heraus. Ich bete, ich erhoffe mir Kraft und Freiheit.

Onno kappt meine Vergangenheit: Er öffnet meine Briefe, reißt mir den Telefonhörer aus der Hand und knallt ihn auf die Gabel. Meine Freunde beleidigt Onno bis aufs Äußerste. Er beschimpft sie als blöde Katholenfrauen und blöde Bayern. Mir gilt sein Lieblingssatz: »Das will ich dir sagen, du bist eine blöde, bayerische Katholin!«. Die Anrufe werden genau wie die ersehnten Briefe weniger, irgendwann bleiben sie ganz aus. Ich bin verlassen. Ich schäme mich. Was soll ich sagen?

Onno sendet schwarze Signale. Ich erhalte Post vom Frauengefängnis. Ich soll in drei Tagen eine Haftstrafe von fünf Tagen antreten. Das ist ein Strafbefehl. Onno wurde mit meinem Wagen geblitzt, die Strafgebühr hat er nicht gezahlt. Nach einem Jahr ist ein Betrag angelaufen, der nun von mir abgesessen werden soll. Ich erreiche Onno in seiner Firma. Er zahlt den Strafbefehl. Als Gegenleistung verlangt er von mir eine schriftliche Erklärung: »Hiermit schwöre ich, Verena, dass ich meinen Ehemann Onno niemals im Leben verlassen oder die Scheidung einreichen werde.« Einige Wochen später finde ich in Onnos Wagen meinen Brief und eine Abmahnung von seinem Arbeitgeber wegen Trunkenheit am Arbeitsplatz. Wieder wird mir so übel, dass ich mich übergeben muss. Ich schreie laut: »Ich habe mich dem Teufel verschrieben, ihm meine Seele verkauft!«.

Ich lebe auf dem Sprung, ich erwarte nichts. Ich glaube an keine Versprechungen. Ich passe auf. Ich lasse mich schlagen, stehe wieder auf. Ich fahre in einem Horrorzug aus der Sonne in den schwarzen Nebel. Alles in mir drängt: »Fahr! Mach, dass du fort kommst!« Das Böse in Onno droht mich auf andere Art zu überwältigen. Ich versuche mich in Versuchungen, wie: Ich töte Onno, um mich zu befreien. Ich verfalle dem Alkohol. Ich lande auf der Straße. Ich lasse zu, dass meine Kinder geschlagen werden. Ich bringe mich um. Ich feiere bei den Sauforgien mit, wenn seine schlimmen Freunde und deren Frauen bei uns sind. Ich erinnere mich an den Dulder Hiob, der im Leid geprüft wird.

Onno legt sich einmal zu seiner Tochter ins Bett. Ich will alles tun, was er will und sagt. Vielleicht quält er mich dann nicht mehr. Zweimal füllt Onno mich mit Alkohol ab. Ich lasse es geschehen. Ich sehe die teuflischen Gesichter seiner Saufkumpane, Männer und Frauen. Da wird gerülpst, gefurzt und betatscht, ohne jede Scham alles gezeigt. Alles widert mich an. Zweimal habe ich eine Alkoholvergiftung, werde behandelt. Ich vertrage und mag keinen Alkohol. Ich kann nicht so trinken. Onnos Fahne steht dazwischen – ein Glück.

Ich sehe Böses im Nebel aufsteigen. Es legt sich auf mich, ich fühle das Grauen. Ein gespenstisches Gefühl. Seine Saufkumpane treffen ein: dick, fett und fast zahnlos, Zigarettenqualm und ordinäre Sprache. Onno zieht sich aus, zeigt sich nackt, zeigt was für ein toller Mann er ist, fasst mir hart ins Gesäß. Eine Frau von 250 Pfund zeigt ihre Brüste, in unserem Esszimmer tobt ein Höllengesindel. Eine Frau benutzt mein Bett. Diese Leute bezahlt er, dass sie zu allen möglichen Gelegenheiten gegen mich aussagen. Onno hat immer einen Fahrer. Als ich wieder einmal nachts geflohen bin, bringt mich die Polizei im Nachthemd nach Hause, aber Onno ist nicht da; er sucht mich. Onno hat eine abgesägte Flinte im Auto, er zeigt sie mir und droht mir damit. Er schlägt mich, uriniert auf mich herunter. Er bricht mir Wirbel für Wirbel. Er triumphiert: »Du bist ein Nichts! Du wirst auch niemals etwas sein!« Er will eine Sklavin. Niemand fragt mich: Wer schlägt und wer wird geschlagen? Alles hat sich gegen mich verschworen. Ich räche mich. Ich lache ihn aus, wenn er zu erbärmlich aussieht. Einmal schlage ich ihn nachts ins Gesicht. Er hat sich im Suff vollgepinkelt. Ich spucke ihm ins Bier, in sein Essen, streue Fliegen oder Spinnen hinein. Ich wünsche ihm alles Schlechte an den Hals.

Onno weiß von meiner Schwangerschaft und ahnt etwas. Im achten Monat schlägt er so zu, dass ich fast mein Kind verliere. Ich fahre noch selber zum Krankenhaus: Ein kleines, schwaches Mädchen wird um Mitternacht geboren, fast stirbt sie. Aber ich rufe selber kurz nach der Geburt die Kinderklinik an. Schnell sind sie da und retten mein unschuldiges kleines Mädchen. Meine vier Kinder sind das einzige Leben, das ich bei ihm habe.

Ich ertrage ihn und seine ewige Alkoholfahne nicht mehr. Ich ziehe aus dem Schlafzimmer aus und schlafe im Kinderzimmer auf der Spielmatratze. Dort lässt Onno von mir ab. Ich sehne mich nach Liebe, nach Geborgenheit, nach einem Mann, der mich liebevoll in seine Arme nimmt. Ich höre, wie sich Onno gegenüber einem Besuch brüstet: »Die ist so blöd, so ein blödes Weib, die merkt gar nicht, dass sie langsam dem Wahn verfällt! Am liebsten würde ich sie dorthin zurückschicken, wo sie herkommt.« Onno lacht schrill, als er seinen Trinkfreunden von meinem nackten Körper berichtet und das ich ein Ass im Bett sei, nur deswegen behielte er mich. Er macht sich lustig darüber. Ich schreie laut auf wie ein verwundetes Tier.

Falscher Freund

Das kleine Mädchen lebt. Es ist Phillips Tochter. Onno rennt wie ein Stier durch das Haus. »Der Bastard kommt mir nicht in mein Haus! Ich werde das nicht zulassen!« Überall redet, erzählt er von dem Bastard. »Seht ihr, ich hatte immer Recht, sie ist eine gemeine Hure! Sie wollte nur einen Mann mit Geld.« Phillip geht heimlich ins Krankenhaus und besucht seine Tochter. Drei Wochen bleibt sie dort, dann kommt der Tag, an dem ich meine kleine Emily abholen kann. »Wage es nicht, den Bastard hierher zu bringen!« Onno arbeitet wieder außerhalb, er kommt nur am Wochenende. Ich hole mein Kind zu mir und seinen Geschwistern. Phillip macht mir das Angebot, ich solle zu ihm ziehen mit meinen Kindern. Ich bin so verwirrt – noch einmal weglaufen, nein, ich kann das nicht. Onno würde mich diesmal umbringen, bevor ich ihn verlasse. Und meine Kinder? Ich liebe sie zu sehr, als auf sie zu verzichten. Große Angst schnürt meine Kehle zu; der Gedanke, was Onno alles anstellen könnte, um mich zu behalten, trocknet meinen Mund aus. Ich werde meine vier Kinder schützen und werde sie nicht hergeben. Schon der Gedanke, erst einmal bei Phillip unterzukommen, ist zu gefährlich. Ich bleibe, und Phillip wirbt heimlich weiter. Er ruft mich an und fragt nach uns. Mehr möchte ich nicht, es ist zu gefährlich.

Entkommen

Endlich kommt der Tag, an dem mein Leben mit Onno auseinander fliegt. Es ist Samstag, Onno ist zu Hause. Ich bügle Wäsche, Onno sitzt in der Küche und trinkt Bier und Korn. Er fängt an, mich zu beschimpfen, er will, dass der Bastard aus dem Haus kommt. Ich möchte nicht, dass er noch wütender wird und gehe aus der Küche, aber Onno ist schon hinter mir. Er schleift mich die Treppe zum Kinderzimmer hoch, er will Emily aus dem Fenster schmeißen und greift nach ihr. Ich stoße ihn zur Seite, und da schlägt er zu. Er schmeißt mich zu Boden. Mit den Knien hockt er auf meinen Oberarmen. Er schlägt mich links und rechts ins Gesicht, immer wieder. Sein Sohn Arno geht dazwischen. Onno packt mich an den Haaren. Er schleift mich den Flur entlang, alles schmerzt und mir ist schwindelig. Ich merke, wie er mir büschelweise Haare ausreißt. Er tritt auf mich ein. Mit letzter Kraft entkomme ich, kann die Treppen runter laufen und das Haus verlassen. Ich schreie um Hilfe, um mein und meiner Kinder Leben. Ich habe Todesängste um das Leben meiner Kinder, denn ich höre ihn wüten und toben und die Kinder weinen. Zwei Nachbarn stürmen ins Haus. Ich flehe, dass sie alle Kinder aus dem Haus holen sollen. Die Nachbarn rufen die Polizei, ich bin verletzt, blute aus Nase und Mund, mein Gesicht ist geschwollen, meine Haare sind zerzaust und es hängen Büschel von ihnen auf den Schultern. Die Polizei kommt schnell, mit vier Mann. Einer kommt auf mich zu und will einen Arzt verständigen: »Was hat Ihnen dieser Mensch angetan?« »Bitte holen sie meine

Kinder aus dem Haus! Bitte helfen sie mir, er bringt mich um!« Onno kommt auf die Straße gerannt und schreit: »Schaut euch die Hure an, ein Kuckucksei hat sie mir ins Nest gelegt!« Die Polizei muss ihn festhalten, er will auf mich losgehen. Ein Polizist schreit ihn an, er solle still sein und sich zusammen nehmen. »Was willst du denn, du Kasper?«, schreit er den Polizisten an. »Die Frau muss Schläge haben, die alte Hure.« Das ist Onnos Antwort. Die Polizei handelt: Ein Arzt kommt, eine Frau vom Jugendamt und ein Familienrichter treffen ein. Der Arzt untersucht mich und spricht mit dem Richter. Dieser spricht seine Entscheidung auf Band, verwarnt Onno und sagt: »Ich sorge dafür, dass es Ihrer Frau und den Kindern besser geht.« Zur Frau vom Jugendamt sagt er: »Helfen Sie der Frau packen.« Onno sitzt in der Küche, und zwei Polizisten halten ihn unter Kontrolle. Die beiden anderen kümmern sich um meine Kinder, bis alles gepackt ist.

Es ist Nacht. Ein Fahrzeug bringt uns, die Kinder und mich, in ein weiter entferntes Frauenhaus. Ich sage: »Er verfolgt uns sicher, er findet mich immer wieder.« »Keine Sorge, die zwei Kollegen bleiben eine halbe Stunde bei ihm vor dem Haus und lassen ihn nicht weg. Sie warten nur darauf, dass er sich in sein Auto setzt. Dann nehmen sie ihn mit, so betrunken wie der ist.« Nach einer Autostunde sind wir da; ein altes Fabrikgebäude soll unser neues Zuhause sein. Eine Frau empfängt uns und zeigt uns, wo wir schlafen können. Es ist nicht schön, aber sicher. Um den Riesenraum zu unterteilen, sind Trennwände aus Sperrholz gezogen. Über uns, in fünf Metern

Höhe, befinden sich riesige Balken aus Holz und Eisen. Viele Wochen bin ich da mit meinen Kindern. Nach einiger Zeit melde ich mich bei Phillip und erzähle ihm von seiner Tochter. Er möchte mit mir zusammen sein. Onno hat mich noch nicht gefunden. Doch obwohl es schon viele Wochen her ist, habe ich immer noch Angst bei Spaziergängen mit meinen Kindern.

Langsam erhole ich mich etwas und denke an die Zukunft. Ich muss hier raus, denn der Aufenthalt im Frauenhaus kann kein Dauerzustand sein. Drei weitere Frauen haben hier ebenfalls Schutz gesucht: Eine hat ähnlich viel durchgemacht wie ich, die beiden anderen wollen wieder zu ihren Männern. Hier in der alten Fabrik ist es nicht schön, sagen sie. Aber ich finde es besser als bei Onno. Überall ist es besser als bei ihm. Ich bemühe mich um eine Wohnung, weit weg von Onno, in einer fremden Stadt. Phillip möchte mir helfen: Ich solle erst einmal zu ihm ziehen, dann könne ich in aller Ruhe eine Wohnung suchen. Ich möchte selbstständig sein. Phillip weiß nicht, wo ich bin. Ich rufe ihn an, verrate ihm mein Versteck jedoch nicht. Die Scheidung habe ich eingereicht. Ich atme auf, es geht weiter.

Déjà vu

Die Scheidung geht schneller voran als gedacht. Ich brauche nicht einmal anwesend zu sein, da mir das nicht zuzumuten sei. Onno will mir aber immer noch die Kinder wegnehmen. Ich lasse mich auf Phillips Vorschlag ein und ziehe mit meinen vier Kindern zu ihm in die Wohnung. Onno findet uns, schreit vor dem Haus und beleidigt uns. Die Nachbarn bekommen alles mit, denn er kommt abends bei Dunkelheit betrunken mit dem Auto an. Wenn die Polizei kommt, ist er schon wieder weg. Er tritt die Eingangstür kaputt und verprügelt Phillip. Für mich hat er seine üblichen Schimpfwörter übrig. Wenn die Nachbarn, von der Pöbelei aufgeschreckt, aus ihren Häusern kommen, erzählt er ihnen seine Version der Geschichte.

Ich lasse mich auf eine Heirat mit Phillip ein. Erst dann wird Onno aufgeben, das meinen auch Phillips Freunde. Nach einem Jahr heiraten wir, so dass Emily die legitime Tochter von Phillip wird. Felix kommt zur Schule, wir leben ruhig und es scheint, als ob sich alles zum Guten geändert hat. Doch eines Tages kommt Phillip mit einem blauen Auge und gebrochener Nase nach Hause; Onno hat ihm aufgelauert. Ich sehe in Phillips Augen Hass. Als ich ihm helfen will, stößt er mich weg. Ich erschrecke mich und halte meine Arme vor mein Gesicht; diese Schutzhaltung habe ich bei schnellen Bewegungen geradezu verinnerlicht. Phillip sieht mich an und lacht: »Ach, so ist das. Du hast Angst vor mir. Hätte ich dich doch bloß nicht aufgenommen, und geheiratet.« Onno gibt nicht auf, bei jeder Gelegenheit lauert er mir auf. Er macht mich schlecht, überall verbreitet er Lügen über mich. Phillip verändert sich: Er ist kein guter Mann, zweimal vergewaltigt er mich brutal. Als er mich auch noch verprügeln will, bricht es aus mir heraus, ich wehre mich. Plötzlich durchschaue ich Phillip; er ist eine Hyäne, die frisst, was das große Raubtier übrig gelassen hat.

Das zweite Leben

Phillip ist freiwillig ausgezogen. Ich suche mir trotzdem eine andere Wohnung. Ich möchte noch weiter weg von hier, in eine andere Stadt, in der wir niemanden kennen und uns niemand kennt. Ich finde eine schöne große Wohnung durch die Zeitung. Vieles fehlt uns, doch das bekommen wir vom Sozialamt, auch den Lebensunterhalt für uns. Mit unseren bescheidenen Mitteln richte ich uns ein gemütliches Zuhause ein. Ich möchte wieder auf eigenen Füßen stehen. Ich kann arbeiten. In Onnos Haus hatte ich gebrauchte Kinderkleidung an- und verkauft. Meinen Imbiss hatte ich auch gut geführt. Ich habe Kraft, ich will arbeiten. Felix geht zur Schule und die drei Kleinen in den Kindergarten. Hier in der Stadt gehe ich in ein Viertel, in dem bessergestellte Leute wohnen. Ich läute an der Haustür, stelle mich vor und sage: »Ich bin Verena Christ, habe vier Kinder, lebe zurzeit von der Sozialhilfe und will mich auf eigene Füße stellen. Ich suche Arbeit.« Die Menschen hören mich an. Einige geben mir Arbeit, ich kann putzen und pflegen, kochen und waschen. Schnell werde ich weiterempfohlen. Die Leute vom Jugend- und Sozialamt unterstützen mich, sie behandeln mich korrekt und sind bei Fragen und Nöten für uns da. Ich spezialisiere mich aufs Putzen, das kann ich besonders gut, und die Leute sind sehr zufrieden.

Eine alte Dame – sie ist die Seniorchefin einer Fabrik – sagt eines Tages: »Mögen sie einen kleinen Garten mit einer Hütte drauf für Ihre Kinder?« »Ich habe nicht soviel Geld«, ist meine Antwort. »Ich stelle Ihnen kostenlos einen schönen Garten mit einem Blockhäuschen zur Verfügung. Zwei Männer sind da schon am Arbeiten und bauen einen Zaun herum mit einer kleinen Pforte. Ich weiß, dass Sie mit Ihren Kindern im sechsten Stock wohnen. Der Garten ist bei Ihnen hinter dem Wäldchen. Sie haben es sich verdient«, sagt sie. Ich stehe sprachlos vor ihr. Eine ältere Frau spricht mich an, die auf meine Kinder achten möchte. Sie sei Witwe und habe viel Zeit, ihr würde es nichts ausmachen. »Ich habe kein Geld, um sie zu bezahlen«, sage ich zu ihr. »Wir werden uns schon einig«, antwortet sie und schlägt mir einen Handel vor: Ich solle ihr in regelmäßigen Abständen die Fenster, das Bad und ihre Küche putzen. Sie hätte von meiner guten Arbeit gehört, dafür hüte sie meine Kinder ein. Das ist ein guter Handel, von dem alle profitieren. Wir werden bald Freunde, und meine Kinder mögen sie auch sehr.

Ich bin eine »Fischerin«, ich kann Arbeit einfangen. Ich lerne durch meine Arbeit einen Mann kennen. Ich reinige seine Wohnung einmal die Woche. Wir unterhalten uns. Er lädt mich zum Essen ein, wir gehen zum Tanzen, er macht mit mir und den Kindern Ausflüge. Er schenkt ihnen zu Weihnachten Spielsachen. Onno hat in der Zwischenzeit meine Spur aufgenommen. Er will mich auch hier diskreditieren. Er konfrontiert meinen Bekannten Bernd mit dem ganzen Dreck, den er über mich ausgießt. Doch Bernd lässt sich davon nicht beeindrucken und hält zu mir. Er hat Krebs und stirbt bald. Ich verliere in ihm einen ehrlichen Freund, einen Halt in dieser Zeit.

Meine Arbeit organisiere ich so, dass ich immer noch genug Zeit für meine Kinder habe. Onno hat Hausverbot bekommen, dazu gehört auch der Parkplatz. Er hat das Besuchsrecht erhalten, alle zwei Wochen holt er unsere beiden gemeinsamen Söhne ab. Phillip kümmert sich nicht um unsere Tochter, dabei wollte er doch so gern ein Kind von mir. Felix' Vater hat sich auch nie um seinen Sohn gekümmert. Was für Väter haben meine Kinder nur! Ich liebe meine Kinder über alles. Ich erziehe sie zur Selbstständigkeit. Wir essen gemeinsam, ich sehe mit ihnen Märchenfilme an, hin und wieder gehen wir in den Zoo. Ich nehme meine Kinder in die Arme und fühle sie. Ich rieche meine Kinder so gerne.

Besuch aus der Vergangenheit

Fleißig arbeite ich an meiner Selbstständigkeit. Ich habe ein kleines billiges, altes Auto sowie Eimer, Leiter, Putzzeug und einen Anrufbeantworter. Ich reinige Häuser, Wohnungen und Fenster. Regelmäßig gebe ich Anzeigen in der Zeitung auf. Eines Abends steht meine Schwester Antina mit einer großen Reisetasche vor unserer Tür, und schon ist sie in meiner Wohnung. Sie sagt als Erstes: »Du kommst alleine nicht zurecht, habe ich gehört. Den Kindern geht es nicht gut, Onno rief mich an, du treibst dich herum und bist fast nie zu Hause.« Ich falle aus allen Wolken. »Was willst du bei mir? Meinen Kindern geht es besser als je zuvor!« Sie erwidert: »Ich sehe mich hier um und werde das beobachten. Oder muss ich das Jugendamt einschalten?« »Das kannst Du, ich selber kenne da einige Leute.« Es klingelt erneut, und – ich glaube es nicht – Ruth und Onno stehen da. Alle drei sind aus der Hölle zu mir gekommen, so kommt mir das vor. Onno hat Essen mitgebracht und Ruth Getränke. Ich rieche die Fahne, die Onno vorausweht. »Was geht hier vor?«, schreie ich vor Empörung, »Onno, du hast Hausverbot!« »Ach was«, sagt Antina und stößt mit Onno und Ruth an. »Ich möchte meine Kinder sehen und außerdem wollte ich mich mit dir aussprechen. Komm wieder zu mir, und alles wird gut«, tönt Onno. Ich verliere fast den Verstand. Ich verstehe meine Schwestern nicht, meine Kinder stehen hier und wissen nicht, was los ist. Ihre Tanten kennen sie auch so gut wie nicht, und Onno, der Teufel, grinst hämisch und lauernd zu Antina, der Wortführerin der drei. Meine Kinder bringe ich in ihre

Zimmer. Ich muss mich wehren, sonst geht alles von vorne los. »Wo bleibst Du?«, schreit Onno angetrunken, »Du kannst doch deine Gäste nicht allein lassen.« Alle drei sitzen in meinem Wohnzimmer, verpesten mit Alkohol und Zigaretten die Luft. Onno grapscht Antina an ihr Gesäß. Jetzt fühle ich mich wie Joseph, den seine Brüder nach Ägypten verkauften. Dabei fallen mir die Worte aus dem Alten Testament ein: »Sie zerrissen seine Kleider und warfen das Los über ihn.« Alle drei gaffen mich an; sie sind gewohnt, dass ich tue, was sie mir sagen. »Raus! Alle drei! Ich habe die Polizei angerufen und das Jugendamt. Antina, du willst dich doch mit dem Jugendamt unterhalten wegen meiner Kinder? Ruth, noch ein Fläschchen für den Weg? Onno, du hast kein Recht, hier zu sein. Das ist meine Wohnung. Raus, sage ich! Alle drei, ihr Dämonen und du Teufel!« Onno ist der Erste, der aus der Wohnung rennt. »Du wolltest doch alles regeln, ach was, die ist einfach zu blöd«, zischt er Antina ins Gesicht. »Mit dir bin ich noch nicht fertig, du Hure!«, keift er mich an. »Ach, was du nicht sagst, ich mit dir schon«, gebe ich zurück. Meine Schwestern versuchen mich zu überreden, bis zum nächsten Tag bleiben zu dürfen. Denn sonst hätten sie eine sechsstündige Nachtfahrt mit den Auto zurück nach Bayern vor sich. »Gut, dann reden wir«, sage ich. »Ich muss sowieso einiges klarstellen. Ruth, du warst mit meinem ersten Ehemann im Bett.« Sie wird ganz weiß. »Woher ...« Sie bricht ab. »Die Vergangenheit war schrecklich«, fahre ich fort. »Ihr habt mir soviel genommen und angetan. Antina, du hast mich mehr als einmal gedemütigt, du hast mich ohne Grund ins Gesicht geschlagen, hast Onno aufgefordert, das Gleiche zu tun. Ich vertraue euch beiden nicht, ihr seid böse und gemein.« Sie fangen an mir zu drohen. »Mit was wollt ihr mir drohen?«, schreie ich sie an. »Mit was wollt ihr mir schon drohen? Ruth, du Edelhure, hat dir Onno etwa noch kein schmackhaftes Angebot gemacht? Antina, dich will doch kein Mann. Wer will schon eine schlagende Frau, die wie ein alter Apfel aussieht, so verbittert.« Sie hebt die Hand, doch diesmal bin ich schneller und kann sie festhalten. »Ihr jämmerlichen Weiber. Raus jetzt!« Keifend verlassen die beiden meine Wohnung. Ich muss mich übergeben, ich rieche den mir so verhassten Geruch von Onno. Geht das denn nie zu Ende? Ich spüre etwas in mir, kann es aber nicht deuten. Ich bin müde und will alleine sein. Ich bin erschöpft, aber doch froh. Ich habe mich gewehrt. So richtig gewehrt.

Zusammenbruch

Meine Arbeit lenkt mich ab. Ich habe jetzt jeden Tag zu tun. Das Geld reicht, um die Wohnung und uns zu erhalten. Ich kann den Kindern sogar ab und an kleine Wünsche erfüllen. Die Arbeit fällt mir nicht schwer, aber gut geht es mir eigentlich nicht. Ich sehne mich nach Liebe und Geborgenheit. Meine Familie hat mich im Stich gelassen, meine Mutter ist mit der Krankheit Demenz in einem Altersheim gelandet. Meine Schwester Eva hat meine Adresse nicht, und ich möchte auch gar keinen Kontakt, weil ich mich schäme: für meine Ehen und das ganze Drumherum. Sie lebt ein anderes Leben, ein anständiges, nicht so eines wie ich. Ich weine viel, wenn ich alleine bin; irgend etwas ist anders mit mir. Trotzdem versuche ich, weiter zu machen. Wenn Onno unsere beiden Söhne am Wochenende holt, dann gehe ich mit meiner kleinen Tochter zur Sauna. Sie mag diese Tage mit mir allein, Felix ist dann mit seinen Freunden bei uns oder bei ihnen. Die Sauna ist nichts für ihn. Ich gehe aus, die ältere Nachbarin bleibt dann bei mir und sieht nach den Kindern. Gegen Mitternacht bin ich spätestens immer wieder zu Hause. Ich lerne einen Mann kennen, er holt mich zum Tanzen. »Wir haben uns schon mal in der Sauna gesehen«, sagt er. Auch ich habe sein Gesicht sofort erkannt, so offen und ehrlich. Einen so gut aussehenden Mann habe ich noch nie kennen gelernt. Er möchte mich wiedersehen. Ich kann nicht, und in mir zieht sich etwas zusammen. »Wir sollten das dem Zufall überlassen«, sage ich. Er lächelt und gibt sich damit zufrieden. Ich sehe, dass er sich Bier bestellt. »Sie trinken, obwohl Sie Auto fahren?«, frage ich ihn. »Oh nein, alkoholfrei«, antwortet er. Ich tanze mit ihm und fühle mich wohl dabei: Er riecht gut, raucht nicht und trinkt keinen Alkohol. Wie lange ist es her, dass ich mich mit einem Mann so gut unterhalten habe. Er ist nicht neugierig und versucht nicht, mich auszufragen oder sich mir aufzudrängen.

Mir geht es von Woche zu Woche schlechter. Ich weiß selbst nicht, was mit mir los ist. Ich bin so traurig und müde. Seit längerer Zeit kann ich auch nicht mehr gut schlafen. »Nichts Organisches«, sagt der Arzt, »das Blutbild ist auch in Ordnung.«

Es ist Freitagnachmittag: Onno kommt und holt unsere beiden Jungen ab. Er weiß, er darf das Gelände der Wohnanlage nicht betreten. Doch er steht vor unserer Wohnungstür. »Na, du alte Schlampe«, so begrüßt er mich. Meine Kinder hören dies und stehen da wie begossen. Sie tun mir so leid, ich fühle mit meinen Kindern. »Wollt ihr lieber hier bleiben?«, frage ich schnell. »Das wollen wir erst einmal sehen.« Den Satz kenne ich von früher. Die Kinder gehen mit ihm. Onno hat eine Fahne, ich kenne den Geruch zur Genüge. Ich habe bei Gericht erzählt, dass Onno auch trinkt, selbst wenn er die Kinder holt. Aber für den Richter spielte das bei seiner Entscheidung anscheinend keine Rolle. Habe ich bei keinem Menschen Gehör? Ich habe Angst um meine Kinder, Onno braucht eine Stunde mit dem Auto zu sich nach Hause. Was ist, wenn es einen Unfall gibt? Mit meinen Kindern? Ich bekomme Angst. Sie schnürt mir die Kehle zu, verursacht Schmerzen in der Brust und

Beklemmungen. Meine Knie sacken weg; ich habe einen Herzinfarkt, denke ich. Ich kann mich noch zum Telefon schleppen. Meine liebe, ältere Kinderfrau – mittlerweile eine gute Vertraute – läuft neben mir her und hält meine Hand, als mich die Sanitäter zum Notarztwagen tragen. Felix und Emily weinen. Ich versuche zu winken, ich bin bald wieder da, versuche ich zu sagen, aber ich kann kaum sprechen. Ich habe Todesängste. Nichts geht mehr, denke ich, ich werde sterben. Ich kralle meine Finger in den Kittel des Arztes. Meine Augen fragen, muss ich jetzt gehen, werde ich sterben? Ich höre, dass das EKG in Ordnung ist, kein Herzinfarkt. Mir geht es schlechter. Der Arzt ruft, »Sie kollabiert.« Die Sanitäter kümmern sich, hängen Schläuche an mich, legen einen Tropf. Ich werde so müde, langsam verschwindet die Angst. »Schlafen Sie jetzt, ruhen Sie sich aus«, höre ich den Arzt sagen. Er hat rotes Haar; ich mag Menschen mit roten Haaren. Ich möchte schlafen, nur noch schlafen.

Alles in mir schreit: Ich bin erschöpft, ich bin leer, ich bin verlassen. Ich kann nicht mehr. Ich will nichts essen, will nichts hören, will nichts sehen. Die Jahre mit Onno und seiner Gewalt, die Angst um meine Kinder, die Drohungen meiner zwei dämonischen Schwestern, die drei Ehemänner, die Enttäuschung: Dieses Leben hat mich verletzt, hat mich traumatisiert. Ich bin körperlich, mental, seelisch am Ende. Die Diagnose der Ärzte lautet: totales depressives Erschöpfungssyndrom. Drei Wochen liege ich im Krankenhaus, bin an einen Tropf angeschlossen, der mich ruhig stellt und die Ängste verschwinden lässt. Ich nehme seit dem Zusammenbruch kaum etwas zu mir, ich kann nicht mehr essen. Ich bin schwach. Meine Kinder kommen mich besuchen; ich verspreche, dass ich bald nach Hause komme. Mein behandelnder Arzt mit den roten Haaren ist sehr freundlich und geht sehr behutsam mit mir um. Manchmal setzt er sich zu mir ans Bett und fragt mich, warum ich so traurig und erschöpft sei. Einmal sind wir allein im Krankenzimmer und er fragt wieder, ich fange an zu weinen, ich kann darüber nicht reden. Alles war so schlimm, viele Jahre lang. »Leben Sie jetzt allein?« »Ja, allein mit meinen vier Kindern.« »Arbeiten Sie?« »Ja, ich putze Wohnungen und Fenster.« »Tapfer.«, sagt er, »Ich möchte, dass es Ihnen wieder besser geht. Sie sollten eine Therapie machen in einer Klinik, ich kann Ihnen eine empfehlen.« »Bin ich nervenkrank, Herr Doktor, hab ich was mit meinem Geist?« »Nein Frau Christ, Sie nicht, aber vielleicht die Menschen, die Ihnen weh getan haben. Ich melde Sie an, wenn Sie wollen. Vertrauen Sie mir.« Er nimmt meine Hand und drückt sie fest. »Überlegen Sie es sich.«

Kurz darauf geht die Tür des Krankenzimmers auf, und da steht der gut aussehende Mann, mit dem ich getanzt habe und der so gut riecht. Mehr als ein »Hallo« bringe ich nicht zustande; ich bin ganz verlegen und weiß gar nicht, was ich sagen soll. Ich habe Probleme, mich zu freuen, mir soll eigentlich keiner zu nahe kommen, er kennt mich doch eigentlich gar nicht. »Woher wissen Sie, dass ich hier liege?«, sage ich etwas barsch zu dem Mann. »Ich kenne Sie gar nicht, und Sie kommen mich besuchen?« »Wir haben uns freundlich unterhalten und auch getanzt. Da dachte ich, als Sie zwei Wochen weder in die Sauna noch zum Tanzen kamen, ich frage mal nach Ihnen. Außerdem habe ich Sie vermisst.« Wir unterhalten uns, und ich erfahre, dass er geschieden ist und zwei Kinder hat. Ich erzähle von meinem Zusammenbruch. Als ich höre, dass er vor einem Jahr fast dasselbe durchgemacht und in einer Psychosomatischen Klinik gewesen ist, horche ich auf und lasse mir davon berichten. Er ist offen und erzählt viel Positives über diese Klinik. Spontan sagt er: »Ich besuche Sie morgen nach der Arbeit gerne wieder, darf ich?« Ich habe immer noch ein mulmiges Gefühl. Früher konnte ich doch Menschen um mich haben – was ist nur los mit mir? »Also, bis morgen«, sagt er und gibt mir seine Telefonnummer. »Wenn Sie mich anrufen wollen, jederzeit, auch nachts bin ich für Sie da, Verena.« Die Worte klingen in mir nach: »bin ich für Sie da«. Er geht und ich lese seine Karte: Toni Sommer, Tischlermeister. »Was für ein schöner Name«, denke ich, »so frisch und rein klingt er, und er passt so gut zu diesem so gut aussehenden und riechenden Mann.« Toni besucht mich jeden Tag, und ich lasse es mir jetzt gefallen. Blumen bringt er mir mit, wir gehen in den Park des Krankenhauses.

Es ist Herbst, ich bin 37 Jahre alt. Meinen Kindern geht es soweit gut, oft besuchen sie mich gemeinsam mit meiner mütterlichen Vertrauten Felizitas. Wir nennen sie mittlerweile liebevoll Fee, was sie mag; noch niemand hat sie so genannt. Ich bin ihr so sehr dankbar für alles, was sie für uns macht. Da ich die Frauen vom Jugendamt kenne, habe ich dort um Hilfe für die Zeit meines Krankenhausaufenthaltes gebeten. Umgehend hatte ich eine Sozialhelferin für meine Kinder in der Wohnung, die Fee bei Tag und Nacht unterstützt. Mit Toni rede ich über den Vorschlag von meinem behandelnden Arzt. Er unterstützt ihn ohne Abstriche und macht mir den Vorschlag, mich dort einmal hinzufahren, damit ich mir selber ein Bild machen kann. Als ich entlassen werde, holt Toni mich ab; er hat sich ein paar Stunden frei genommen. Langsam fange ich an, wieder einem Menschen zu trauen.

In der Klinik

Mein Seelenleben ist durcheinander. Ich habe Angstzustände, Herzbeschwerden, Schlafstörungen, kann nicht essen, habe in den letzten drei Monaten 40 kg abgenommen. Ich kann an manchen Tagen das Haus nicht verlassen. Meine Kinder fragen mich, was ich habe. Selbst über unbefangene Späße kann ich nicht lachen. Wenn ich das Haus verlasse, trage ich dunkle Kleidung, schütze mich mit einer Sonnenbrille, bewege mich im Schatten der Häuser. Ich möchte nicht gesehen werden, will keinen Kontakt mit anderen. Ich bin selbst ein Schatten. Einkaufen ist für mich die Hölle mit den vielen Menschen vor, hinter und neben mir. Ich bin in der Fußgängerzone und weiß nicht mehr, wo der Weg zu meinem Auto ist. Ich bin jetzt am Ende, ich will und ich kann nichts mehr. Ich denke über Selbstmord nach; in mir ist ein Schmerz, der mich fast umbringt. Nachts sitze ich im Wohnzimmer, ich kann nicht mehr schlafen.
Mir wird immer klarer, dass der rothaarige Arzt und

Toni mit ihrem Vorschlag Recht haben. Ich besorge mir die Überweisung zur stationären Behandlung. Die empfohlene Klinik liegt an einer Hauptstraße. Ein alter Baumbestand säumt die Auffahrt. Um das T-förmige Gebäude erstrecken sich Wald und Wiesen. Ich parke vor der Auffahrt. Im linken Flügel des Gebäudes sind die Patienten untergebracht, im rechten die Behandlungsräume, die Labors und das Sekretariat. Die Patientenzimmer haben alle Ausblick auf den Park mit seinen Wegen und grünen Wiesen. Ich gehe in die freundliche Eingangshalle mit Tischen und farbigen Glaswänden. Ich bin unschlüssig: »Soll ich wieder nach Hause fahren oder wird mir hier geholfen?« Ich sehe Leute, die für einen Spaziergang gekleidet das Haus verlassen. Eine Ordensschwester fragt mich: »Kann ich Ihnen helfen?« Ich zeige ihr meine Überweisung und sage, ich hätte einen Termin bei der Chefärztin der Klinik. Sie bringt mich zum Sekretariat, klopft an die Tür und meldet mich an. Sie lächelt und sagt, ich solle ein wenig warten, die Chefärztin hole mich ab. Bald geht die Tür auf. Eine kleine Frau, so Mitte 50, tritt an mich heran, redet mich mit meinem Namen an und bittet mich in ihr Zimmer. Sie schaut auf meinen Überweisungsschein und fragt mich aufmerksam: »Wie geht es Ihnen heute, Frau Christ?« Ich fühle mich wie vor den Kopf geschlagen, bringe kein Wort heraus und weine ohne aufzuhören. Sie gibt mir ein Papiertaschentuch und legt den Arm auf meine Schulter. Ich erzähle stockend von Angst, Traurigkeit, Erschöpfung, Schlaf, den ich nicht finden kann, und dass ich nicht mehr essen kann. Sie fragt: »Wann können Sie denn zu uns kommen?« Ich stammle: »In ein paar Tagen, ich habe schon Wege eingeleitet.« »Das ist gut, Frau Christ.« Sie geht zum Telefon, spricht mit der Sekretärin. Sie wendet sich mir zu: »Meine Sekretärin wird Ihnen den Zeitraum für Ihren Aufenthalt hier bei uns nennen.« Mir kommen Gedanken wie: »Hoffentlich komme ich nicht in ein Doppelzimmer« und »Ich kann doch nicht in einem Speisesaal essen«. Die Sekretärin sagt mir: »Ihr Aufenthalt hier kann in fünf Tagen beginnen. Richten Sie sich auf sechs oder mehr Wochen ein.« Ich frage verlegen nach einem Einzelzimmer. Die Sekretärin lächelt: »Aber selbstverständlich, Sie bekommen ein Einzelzimmer mit einem kleinen Duschbad.«

Auf einmal geht alles ganz schnell. »Meine Kinder, ich lasse euch jetzt ein paar Wochen allein, ich habe euch sehr lieb, ich schreibe euch und ich rufe euch auch mal an.« Ich kenne die Augen meiner Kinder; sie sind traurig, aber sie sagen es nicht. Mir zerreißt es fast das Herz, ich fühle mich so schuldig. »Toni bringt euch zu mir, wenn ihr es wollt, auch am Abend für ein Stündchen.« Emily hat mir ein Bild gemalt, das soll ich aufhängen. Felix ist distanziert; ich sehe, dass er mir böse ist. Er hat sich in den letzten Monaten verändert. Benjamin und Markus drücken mich auch noch fest. Meine Kinder sind alles, was ich habe. »Ich gehe in die Klinik, damit ich wieder gesund werde. Ich mache das auch für euch. Ich möchte eine gute Mutter sein.« »Du bist eine gute Mutter«, sagen Emily und Benjamin. Wir drücken uns alle noch einmal, dann gehen Markus, Benjamin und Emily zur Schule und Felix zu seiner Lehrstelle als Maler. Ich sitze noch ein bisschen am Frühstückstisch und trinke Tee, ich muss erst in ein paar Stunden in der Klinik sein. Gedanken gehen mir durch den Kopf und bringen mich in die Vergangenheit zu meinen kleinen Kindern. Ein Schmerz rast durch meinen Körper, es ist das schlechte Gewissen meinen vier Kindern gegenüber. Was haben sie durchmachen müssen. Meine Kinder sind da – aber geht es ihnen gut? Die Schulpsychologin spricht mit ihnen und will weiter helfen.

Kinder

Felix, Benjamin, Markus und Emily: Die vier sind mein Ein und Alles. Felix ist ein Kind, das sehr viel Aufmerksamkeit braucht. Er kam meistens zu kurz, hat schon mal den Hintern voll bekommen, auf seine Geschwister musste er so manches Mal aufpassen. Ich habe ihm gegenüber ein schlechtes Gewissen, musste ihm schon mal etwas verbieten oder konnte seinen Wünschen nicht gerecht werden. Felix kann sich nicht anpassen. Er möchte nur seinen Willen durchsetzen.

Benjamin ist ein pflegeleichtes Kind; er lacht und tobt gerne herum, macht gerne Späßchen und versucht oft, andere zum Lachen zu bringen. Er hängt an mir und zeigt seine Gefühle. Benjamin bastelt mir kleine Geschenke, er pflückt Blumen für mich, will mir Hausarbeit abnehmen. Er hat seine Hände aufeinander gelegt und sagt: »Da ist etwas drin, Mama, es ist für dich.« Langsam öffnet er die Hände und es kommt eine Rose zum Vorschein. »Oh, ist die schön«, sage ich vor Rührung. »Aber nicht so schön wie du, Mama.« Manchmal, wenn es ihm richtig gut geht, nennt er mich Blümchen. Ich nenne ihn Sonnenschein.

Markus ist ein gutes Kind. Er ist sehr strebsam, was die Schule angeht; er möchte zur höheren Schule gehen und einen guten Beruf erlernen. Markus hat immer schlimme Bauchweh, wenn er von den Wochenenden mit seinem Vater Onno heimkehrt. Was sich Markus vornimmt, das setzt er meistens auch durch. Er kann und erreicht viel in der Schule. Er zeigt nicht gern Gefühle, aber er kann auch herzhaft lachen.

Emily, meine kleine Elfe, springt mit weit ausgestreckten Armen und Beinen durch die Wohnung, spielt mit ihren Brüdern, schmückt sich gern mit meinem Schmuck und spielt Sängerin. Sie krabbelt auf meinen Schoß und drückt ihr Gesicht an meinen Hals; sie mag meinen Duft. »Mama, erzähl mir, als ich ein Baby war.« Emily liebt Körperkontakt. Wenn sie inmitten ihrer Brüder sitzt, fühlt sie sich wohl. Bei mancher Gelegenheit kann sie sich ausschütten vor Lachen.

Alle vier gehen lieb miteinander um und geben gerne ab. Sie haben Mitgefühl und sind anderen gegenüber hilfsbereit. Sie haben früh gelernt, selbstständig zu sein und untereinander zu teilen. Sie sind bescheiden. Viel kann ich meinen Kindern nicht bieten. Ein paar Mal konnte ich sie alle zusammen für vier Wochen zur Kindererholung schicken: an die See oder in die Berge. Allen hat es so gut gefallen, dass sie das nächste Mal wieder gerne gefahren sind. Was ich ihnen geben kann, ist meine Liebe zu ihnen. Jeden Abend gehe ich von Bett zu Bett, streichle und küsse sie, sage jedem einzelnen von ihnen, dass es das liebste und beste Kind sei, das ich habe, gebe ihnen den Muttersegen. Wenn meine Kinder krank sind, dann alle auf einmal. Sämtliche Kinderkrankheiten haben wir durchgemacht. Felix hat eine eitrige Meningitis überlebt. Emily kam vier Wochen zu früh und mehr tot als lebendig auf die Welt. Markus litt als Baby mehrfach an Mittelohrentzündungen. Ich habe sie so lieb, so etwas verbindet. Ich nenne meine Kinder die Viererbande, ein Glückskleeblatt.

In Therapie

Es ist drei Tage vor meinem 38. Geburtstag. Der Abschied von den Kindern fällt mir schwer. Am Morgen kommt Toni noch bei mir vorbei; er will sich verabschieden und bringt mir Bilder von den Kindern und uns beiden mit. Er sagt mir, er komme mich mit den Kindern besuchen, ich solle nur anrufen und Bescheid sagen. Als er dann geht und ich an der Tür stehe, kommt er noch einmal zu mir und nimmt mich in den Arm. Er sagt: »Du bist meine große Liebe, ich brauche dich für mein ganzes Leben. Bitte erhol dich gut und denk jetzt nur an dich, mein Kleines.« Ich sehe zu ihm auf, und seine Augen sagen die Wahrheit. Seine perlweißen Zähne blitzen aus seinem lächelnden Mund. »Gib mir eine Chance, Verena.« Ich bin ergriffen von diesen Worten, nicke nur und lege in unseren Abschiedskuss meine ganzen Gefühle für ihn. Wir lösen uns voneinander, und er geht langsam und sich immer wieder umdrehend zu seinem Wagen, wobei er einen Handkuss von mir auffängt und ihn behutsam in seine Tasche steckt.

Ich beziehe das versprochene Einzelzimmer mit Dusche, WC und Blick auf den Park. Es ist Vormittag, als ich mich einrichte. Die Schwester zeigt mir die Station mit ihren eigenen Esszimmern für 22 Patientinnen und Patienten, den zwei Fernsehzimmern – das eine für Raucher, das andere für Nichtraucher. Eine kleine Teeküche mit einem rundem Tisch und sechs Stühlen ist als Treffpunkt gedacht, zum Unterhalten und Spielen. Spiele, Tee, Kaffee, Bouillon sind in den Hängeschränken verstaut. Vor dem Mittagessen habe ich einige Untersuchungen. Am Nachmittag habe ich meinen ersten Gesprächstermin. Die Ärztin schreibt Anwendungen für mich auf: medizinische Bäder, Massage, Gymnastik. Im Haus befindet sich ein Hallenbad mit Sauna. Ich möchte das Essen ausfallen lassen: »Geht das? Bitte. Ich esse sowieso nicht viel«, sage ich schnell. Sie antwortet freundlich und bestimmt: »Sie sind verpflichtet, zu den Mahlzeiten und zu den Gesprächen zu erscheinen. Meine Therapeutin ist sehr jung, hat blaue Augen und trägt einen sorgfältig geflochtenen Zopf. Mein Leben erhält in den nächsten Wochen einen regelmäßigen, zuverlässigen Verlauf. Morgens mache ich meine Anwendungen. Ich muss mich zwingen, zum Frühstück zu gehen. Ich halte mich zurück. Ich will nicht reden, mit niemandem sprechen. So überstehe ich die Mahlzeiten. Abends nehme ich Tropfen ein, schlafe endlich ohne Unterbrechung. Nachts sieht die Nachtschwester ein oder zweimal ins Zimmer, sie leuchtet mir kurz ins Gesicht; ich bekomme das nur am Rande mit. Jeden Morgen um 9.15 Uhr ist Visite, da kommt meine Ärztin – sie ist auch meine Therapeutin – mit der Stationsschwester. Ich lege mich meistens nach dem Frühstück wieder ins Bett. Einmal in der Woche ist Chef-Visite, da kommen die Chefärztin, meine Ärztin und die Schwester. Ich liege teilnahmslos im Bett. Auf die Frage der Ärztin »Wie geht es Ihnen, Frau Christ?« lautet meine Antwort meistens »durchwachsen« oder »sehr schlecht« und kommt mir nur gepresst über die Lippen. Dabei entschuldige ich mich dafür, dass ich im Bett liege. Die Antwort darauf ist: »Bleiben Sie ruhig liegen. Sie brauchen das. Ruhen sie sich hier aus.« Ein- bis zweimal in der Woche spreche ich mit meiner Ärztin. »Mir geht es wirklich schlecht. Meine Kinder fehlen mir so sehr. Ich kann immer noch nicht reden. Ich schäme mich so«, klage ich dann. Manchmal erzähle ich ihr einige Erlebnisse aus meiner Kindheit, immer nur Bruchstücke, nie mehr. Dann schweige ich und gehe. Ich bekomme nicht den richtigen Draht zu dieser Frau. Irgendetwas stört mich an ihr.

Dann kommt eine neue Ärztin auf unsere Station. Sie ist in meinem Alter, trägt das Haar offen und schulterlang. Sie trägt flache Ballerinaschuhe. Ihre Art spricht mich an. In der ersten Therapiestunde bleibt sie auf Distanz zu mir. Ich lasse sie nicht an mich herankommen. Ich weiche ihren Fragen aus, rede belangloses Zeug. Ich bleibe nicht länger als zehn Minuten. Ich denke, ich bin zur Erholung hier in der Klinik, ich will mir keine Gedanken über mein Leben machen und darüber reden. Die neue Ärztin geht auf mein Spiel ein. Dann fängt sie mich ein mit den Worten: »Schön, dass es Ihnen hier so gut geht. Doch warum drücken Sie sich im Haus eigentlich immer an der Wand lang? Warum suchen Sie den Schatten der Bäume, wenn Sie im Park spazieren gehen? Sie tragen oft eine Sonnenbrille. Sie sind ja so allein.« Ich will das Zimmer verlassen, denn mir ist nicht gut, wir verabschieden uns. Ich gehe zur Tür und drehe mich noch einmal zu ihr um. Ich sehe, wie sie dasitzt und lächelt. Dann zeigt sie mit einer Handbewegung auf den Stuhl, den ich gerade verlassen habe. Ich setze mich. Irgendetwas ist geschehen, steht im Raum. Sie durchschaut mich. Ja, ich bin all die Jahre allein gewesen. Was ich getragen habe, ist mir einfach zuviel geworden. Ich kann nicht mehr.

Wie ein Blitz durchfährt mich die Erkenntnis. Ich sperre mich nicht mehr. Ich sacke auf dem Stuhl zusammen. Weinkrämpfe schütteln mich. Ich will mich festhalten. Ich lege meinen Kopf auf den Schreibtisch der Ärztin. So viel Wasser läuft aus mir heraus. Ich kann mich gar nicht beruhigen. Ich bekomme wie schon oft einen Tetanie-Anfall: Meine Hände bekommen die Pfötchenhaltung und ich zittere am ganzen Körper. Die Ärztin redet beruhigend auf mich ein. Sie hält mich und reibt meinen Rücken. »Es wird wieder gehen. Sie brauchen keine Angst mehr zu haben. Sie sind nicht allein. Ich bin für Sie da.« Ich beruhige mich etwas. Da treffe ich nach Jahren einen Menschen, bei dem ich mich ausweinen und fallen lassen kann. Immer wieder stammle ich vor mich hin: »Ich hoffe, dass Sie mich verstehen. Glauben Sie mir bitte!« Sie bringt mich auf mein Zimmer, hilft mir ins Bett. Sie spricht mit der Stationsschwester. Die gibt mir ein Beruhigungsmittel. Ich bettle: »Bitte lassen Sie mich nicht alleine, ich bin so allein.« Sie setzt sich an mein Bett. Ich rede weiter: »Ihnen kann ich vertrauen. Ich habe die Hölle erlebt, es ist alles so unglaublich gewesen.« Am nächsten Tag beginnt unser erstes Gespräch. Die Ärztin leitet es mit den Worten ein: »Wir wollen bei ihrer Kindheit beginnen. Es ist wie ein Hausputz, bei dem wir im Keller anfangen. Wir bringen einiges in Ordnung. Sie bekommen von mir das Werkzeug dazu.« Jetzt ist es gut zu reden, zu erzählen. Ich fühle mich aufgehoben. Ich habe eine Ärztin, die auf mich eingeht.

Nach vier Wochen bin ich mit einigem Werkzeug versehen, verlasse die Klinik, gehe wieder nach Hause zu meinen Kindern. Bald tauchen die schwarzen Schatten auf, nagen an mir. Ich kehre in die Klinik zurück, bleibe diesmal für sechs Wochen. Ich organisiere das Leben meiner Kinder wie beim ersten Aufenthalt. Toni zieht für diese Zeit in meine Wohnung; ich freue mich, dass er einen Weg zu meinen Kindern gefunden hat. Ich komme wieder auf die gleiche Station, bin bei meiner Ärztin. Ich fühle mich beschützt und gut aufgehoben. Ich erhalte Massagen, Fußbäder und was mir sonst gut tut. Ich sehe meinen Mitpatientinnen und Mitpatienten ins Gesicht. Ich drücke mich nicht mehr an den Wänden entlang, gehe nicht allein im Park, im Schatten der Bäume spazieren. Vielmehr schließe ich mich mal dieser, mal jener Gruppe an und werde angenommen. Ich verabrede mich zum Spazierengehen, zum Bücher ausleihen, zum Teetrinken und zum Reden. Ich erlebe, dass ich mit meinem Schicksal nicht allein bin. Meine Mitpatienten haben in ihrem Leben ebenfalls einiges durchgemacht. Sie kommen aus allen sozialen Schichten, sind Bankdirektor, Lehrer, Postbote oder Putzfrau. Alle sind aus ihrem Leben hier reingespült worden.

Meine Gespräche in der Therapie werden intensiver. Es gibt Tage, da falle ich nach dem Gespräch ins Bett, heule, bis ich einschlafe und will manchmal nicht mehr aufwachen. An anderen Tagen gehe ich in den Wald, greife mir einen Ast und zerschlage den in voller Wut. Ich schreie, werfe mich auf den Boden, winde und krümme mich im Schmerz wie ein Wurm. An mir frisst ein Rudel Hyänen, denke ich und meine damit das Leben, das hinter mir liegt und in mir tobt. Alles kommt hoch: Angst, Atemlosigkeit, Luftnot, Herzschmerzen, Verspannungen, Erinnerungslücken, Unsicherheit, Zittern, Schlaflosigkeit.

Ein Augenblick hilft mir, über den Fluss zu gehen. Meine Ärztin steht am Ende des Flurs, an dem mein Zimmer liegt. Sie breitet die Arme weit aus, geht auf mich zu und ruft: »Kommen Sie!« Ich verfalle in mein »Mich-an-der-Wand-entlang-drücken«. Sie ruft noch lauter: »Nehmen Sie die Mitte! Sehen Sie mich an! Laufen Sie auf mich zu, aber in der Mitte.« Ein offenes und aufrichtiges, herzliches Lachen liegt auf ihrem Gesicht. Sie sieht mich aufmunternd an: »Ja, so ist es gut.« Ich laufe zu ihr, sie nimmt mich an der Hand. »Und ab jetzt«, flüstert sie mir zu, »gehen Sie mit einem Lachen im Gesicht immer in der Mitte. Nur nicht auf der Straße.« Wir lachen beide. Von da an gehe ich in der Mitte, wenn ich in der Klinik unterwegs bin, und achte darauf, dass ich Abstand zu den Wänden halte. Für mich ist das ein riesiger Sprung nach vorn, ein anderes Leben. Ich erhalte Werkzeug für Werkzeug für mein Leben draußen – auch bei den Klinikaufenthalten, die in den nächsten Jahren folgen. Ich bin immer auf der gleichen Station, habe dieselbe Ärztin, treffe einige Mitpatienten wieder, die ich schon kenne. Ich verstehe mein Leben besser, kann mich in den dunklen Zeiten in meinem Leben betrachten. Die Verletzungen, die ich mir in dieser Zeit zugezogen habe, werden behandelt und geheilt. Dazu brauche ich die Gespräche, das Bewusstmachen und Bewusstwerden. Auf mich allein gestellt schaffe ich es nicht.
In der Klinik erlebe ich eine von mehreren Situationen, aus denen ich lerne: Eine Nachbarin zu Hause erzählt

mir ständig Schlechtes über andere Mieter unserer Siedlung. Ich werde müde davon, fühle mich ohnmächtig, fast kippe ich um. Meine Ärztin deutet die Situation: »Die Nachbarin quält Sie mit ihrem Geschwätz. Sie werden wütend und suchen einen Ausweg aus der Situation, verfallen auf Müdigkeit und Ohnmacht. Sie warten, bis die Nachbarin geht. Sie wollen keinen Krieg mit ihr. Versuchen Sie es umgekehrt. Gehen Sie auf die Nachbarin zu, fangen Sie ein Gespräch mit ihr an. Plötzlich fällt Ihnen etwas ein, was Sie erledigen wollen. Sagen Sie das Ihrer Nachbarin und verabschieden Sie sich. So schläft diese Beziehung ein, ohne dass Sie Ihre Nachbarin verärgern.«

Heute habe ich meinen Rucksack voller Werkzeug, passend für solche Situationen. Die Ärztin gibt mir einen guten Rat: »Sie müssen sich vor bestimmten Menschen schützen, sonst sind Sie wehrlos. Kleine Notlügen helfen da manchmal weiter, sie tun keinem weh.« Ich fege einige Leute mit dem großen Hofbesen aus meinem Leben heraus. Ich errichte für sie einen Zaun, der für mich selbst aber Licht und Luft durchlässt. Die Menschen hier – Ärztin, Mitpatienten – sind Familie für mich. Meine eigene Familie hatte mich nach und nach im Stich gelassen, mir in meiner Not nicht geholfen. Jetzt spüre ich, dass ich mich für mein Leben nicht zu schämen brauche. Auch nicht für das viele Weinen. Denn wie anders sollte das Wundwasser meiner Seele sonst aus mir herausfließen. Ich verlasse die Klinik. In sieben Jahren war ich fünf Mal hier, hatte dazu feste ambulante Gespräche, auch bei meiner Ärztin. Als meine Ärztin die

Klinik verlässt, suche ich mir selber einen neuen ambulanten Therapieplatz und finde ihn. Ich habe es geschafft, mir geht es gut, ich freue mich auf den Alleingang ohne Therapie, wieder ein Lichtblick und ein Abenteuer. Die »Krücken« habe ich schon bei meiner Ärztin gelassen. Ich bin gewachsen und gefestigt, habe einen großen Sack mit Werkzeug.

Entgiftungsvision

Ich träume diesen Traum nach mehreren Klinikzeiten: Ich trage ein Kettenhemd mit kleinen festen Maschen. Es liegt schwer auf meinen Schultern. Um meinen Leib legt sich ein mächtiger Gürtel aus Eisen, der mir die Luft abschnürt. An den Füßen trage ich aus Zement geformte Stiefel, die mich kaum laufen lassen. Ich schleppe mich durch einen Wald auf eine kleine Lichtung zu. Böse Menschen sehe ich, sie beschimpfen mich und drohen mir. Ich sehe einen Sack und weiß, der gehört mir. Da sind Werkzeuge für mich drin. Doch er steht auf der entfernten Lichtung. Ich schleppe mich mit letzter Kraft vorwärts, höre einen Bach fließen; ich bin so durstig. So schwer ist die Last an mir. Ich kippe nach vorn, falle, krieche die letzten Meter zu dem Sack. Ich mache ihn auf und hole Werkzeuge heraus. Mit ihrer Hilfe kann ich mich befreien: vom Gürtel, dem Kettenhemd und den Zement-Stiefeln. Jetzt, wo alles von mir weg ist, krieche ich zum Bach. Ich tauche in das Wasser ein, trinke gierig. Von mir fällt alles ab, aller Dreck, der Alkohol, der Tabakrauch, der Modergeruch. Ich stehe auf, recke mich und strecke mich. Ich bin ein Kind in einer Wiege mit Blumen. Sie heißen Licht, Ruhe und Geborgenheit. Ich nehme die Lehren aus dem Leben mit dem Bösen an. Ich gestalte mein Leben neu, lasse keine Gewalt mehr zu. Ich schließe das Böse ein, versiegele es. Es kann nicht mehr heraus. Es kann mir nichts mehr anhaben.

Weg zur Mitte

Ich ruhe in mir selbst, bin wieder das Zentrum in meinem Leben. Ich entscheide, wer rein darf oder wer draußen bleiben soll. Das ist die Lektion, die ich gelernt und verinnerlicht habe. So vieles hatte sich als Seelenkrebs in mich hineingefressen. Ich habe ihn entfernt, mit Mut und Willenskraft. Keine Tarnfarben werden mehr getragen, mich gibt es, ich bin kein Schattenkind mehr. Ich gehe mit einem Lächeln im Gesicht und in der Mitte des Weges stolz, glücklich und selbstbewusst meinem neuen Leben entgegen. Mir bleibt noch viel Leben. Ich habe oft genug in den Abgrund geschaut. Heute wittere ich, ob etwas gut oder böse ist.

Geliebt

Seit drei Jahren ist Toni für mich da. Alles, was ein Mann für seine Frau tun kann, hat Toni getan. Wir heiraten, als wir uns drei Jahre kennen, und feiern mit vielen Freunden eine weiße Hochzeit. Die vielen Klinikaufenthalte, Therapien, meine Depressionen, meine Kinder: Alles hat Toni mitgetragen. Ohne ihn hätte ich nicht den Mut zum Weiterleben und Weitermachen gehabt. Wenn ich einmal ganz unten war, hat er mich in seine starken Arme genommen, beschützt und getröstet. Toni liebt mich, ich bin angekommen. Er hat Onno in seine Schranken gewiesen, als er in unser Leben einbrechen wollte. Onno hat seinen Meister gefunden!

Toni respektiert mich wie ich bin, ohne seine Mitte zu verlieren. Er ist aus seinem Beruf ausgeschieden und wir arbeiten zusammen. Meine Firma ist zu unser beider Unternehmen geworden. Wir haben unser Auskommen. Und wir betreiben eine ganz besondere Kundenpflege: Jede Kundin und jeder Kunde ist für uns ein individueller Mensch. Kunden aus allen sozialen Schichten vertrauen uns.

Toni besitzt ein Grundstück an einem kleinen See. In der Zeit meiner Klinikaufenthalte baut Toni dort allein und mit Freunden ein Holzhaus für uns. Wir haben uns damit eine Insel geschaffen. Als die Kinder nicht mehr bei uns zu Hause leben, ziehen wir in unser kleines Haus am See. Hier wohnt der Glücksdrache mit seinem Goldfasan; das steht am Gartentor in geschnitzten Holzbuchstaben. Eine Mandoline liegt am Tag des Einzugs im Garten. Wer mag das Instrument da wohl hingelegt haben?

Mutters Tod

Zu meiner Mutter habe ich den Kontakt behalten. Ich habe sie sehr lieb, lasse meine Kinder mit ihrer Großmutter telefonieren, singe ihr ein Lied vor. Toni und ich fahren zu ihr ins Altenheim; sie ist so klein und schmal geworden. Auf Toni geht sie zu und nimmt sein Gesicht in ihre Hände, dabei muss Toni sich zu ihr herunter beugen. »Bist du aber ein schöner Mann«, sagt sie zu ihm, »wie mein Mann Falk damals, so groß und dunkel.« Und zu mir: »Du bist meine jüngste Tochter.« – Momente der Erinnerung in ihrer Demenz. Ich freue mich, dass sie mich erkennt. Ich lege sie auf ihr Bett. »Komm zu mir, ganz nah«, flüstert sie und zieht mich zu sich herunter. »War ich eine gute Mutter?« Ihre Augen schauen mich ängstlich an. Ich nehme meine Mutter in den Arm und sage ihr ins Ohr: »Die beste Mutter von der Welt warst Du. Ich habe dich so lieb, Mama.« Ich weine, weil sie so hilflos ist, lege mich neben sie und schaue in ihr Gesicht.

Alles in meinem Leben läuft in einem Traum zusammen. Meine Mutter hat den Grundstein zu diesem Traum gelegt. Als ich 14 Jahre alt bin, schenkt sie mir für zwei Jahre ein Theaterabonnement in der benachbarten größeren Stadt. Sie verkündet stolz: »Verena ist ein ganz besonders waches Mädchen. Sie spielt Instrumente, singt, tanzt Ballett, liebt Theater, Musik und gute Filme.« Mutter häkelt mir zwei Theaterkleider, das eine silber-schwarz mit Samtbändern, das andere goldweiß mit weißen Bändern. Dazu kommen Stola, passende Handtasche und Schuhe. Ich sehe meine Mutter, wie sie emsig, froh und singend durch das helle saubere Haus läuft. Sie ist beliebt. Wo sie auftaucht, da geht es lebendig zu. Sie veranstaltet Blumenfeste mit Musik und führt kleine Theaterstücke auf, die sie selber geschrieben hat. Meine Mutter half den Menschen, sie behandelte arme Leute gut. Und was sie geben konnte, gab sie. Beispielsweise brachte sie einer gelähmten jungen Frau kräftige Suppen und sang für sie. Einer alten Frau – sie hatte lange schwarze Haare, die ihr dick und schwer bis zum Unterschenkel hingen und die sie selber nicht mehr pflegen konnte – wusch Mutter jahrelang einmal in der Woche die Haare, trocknete sie und flocht ihr eine neue Haarkrone. Dafür backte die alte Kuni – so hieß die Frau – uns ein Brot oder einen Kuchen. Mutter, wo sind die Jahre, diese Jahre, denke ich. Meine Mutter hat mir in ihrer besten Zeit viel Lebenskraft mit auf den Weg gegeben. Ich öffne die Augen, und meine Mutter lächelt mich an, sie streichelt mein Gesicht, ich spüre ihren Atem. Ihre einst so tiefblauen Augen sind wässrig und trübe. Ein paar Tränen laufen heraus. »Ach«, sagt sie, »du bist doch meine Schwester, Helga.« Sie ist wieder in ihrer anderen Welt.

Ein paar Tage später rufe ich auf Station an und erkundige mich nach meiner Mutter. Ich erhalte die Auskunft, dass sie woanders hingekommen ist. Sprachlos und besorgt rufe ich bei Ruth an. Erschrocken sagt diese schnell, das mache alles Antina und legt auf. Deren Telefonnummer ist jedoch nicht mehr aktuell. Keiner kann mir also Auskunft geben, auch nicht das Pflegeheim. Sechs Wochen später ruft mich Eva, meine älteste Schwester aus Amerika, an: »Mutter ist gestorben, wir hatten keine Telefonnummer von dir.« »Lüge!«, sage ich nur. »Antina hat sehr wohl meine Telefonnummer und meine Adresse. Sie haben es mir versprochen, sich sofort zu melden.« Ich habe mich von meiner Mutter nicht verabschieden können.

Toni fährt mich in meine Heimat. Das Grab bietet einen traurigen Anblick. Erdklumpen liegen um das schon abgesackte Grab herum. Drei vertrocknete Rosen stecken in einem harten Lehmklumpen. Sechs Wochen ist die Beerdigung jetzt her; seitdem war niemand mehr da. Dabei wohnt Ruth in Sichtweite des Friedhofes. Das hat Mutter nicht verdient. Toni und ich besorgen Pflanzen und Gartengeräte. Wir richten das Grab meiner Eltern bunt und ansehnlich her. Zum Schluss lege ich einen Kranz aus Blumen nieder: Mutters Lieblingsblumen Wicken und Rosen. »Schlaf gut, Mama. Ich wusste nicht, dass du gegangen bist.« Ich fühle ihre Hand auf meinem Gesicht, so wie sie mich früher berührte. Ich bin ruhig und kann loslassen.

Wiedergeburt

Mein Leben hat seine Gestalt gefunden: Ich sehe mich als kleinen Bach, der wild und verspielt durch die Gegend springt, über Stock und Stein, über Baum und Wehr. Ich werde größer, führe mehr Wasser mit mir. Ich münde in einen größeren, vergifteten Fluss. Ich werde müde. Meine Kräfte verlassen mich. Ich bin erschöpft und leer. Ich fließe in ein Delta, bin verdreckt, verkrustet, mit Gift überzogen, voller Geröll, unkenntlich. Ein Engel der Meere – so nenne ich die Delphine – schwimmt auf mich zu, nimmt mich auf seinen Rücken, befreit mich aus der Kloake, in der ich fast erstickt wäre. Er löst mich behutsam aus dieser lebensgefährlichen Kruste. Ich, der kleine wilde Bach, schieße als Fontäne aus dem Meer empor: rein und hell und klar – wiedergeboren.

Immer spüre ich einen Schutzengel um mich herum. Er ist da in Gestalt von Menschen, die meine Liebe ansprechen, dass sie sich zeigen soll. Ich helfe, tröste und habe die Gabe, Mut zu geben. In meiner größten Not war er da: Wäre ich sonst denn lebend aus diesem ganzen Höllenfeuer mit seinen Krallen gekommen? Zerschunden zwar, aber lebend. Oft leitet mich ein starkes Gefühl in mir, etwas zu tun oder zu lassen. Ich folge ihm und tue gut daran. Mein Glaube und meine Liebe sind tief in mir. Meinen starken Lebenswillen hole ich aus meiner schönen Kindheit und von guten Mächten. Ich habe mich einem Pfarrer anvertraut, bin wieder in meiner Kirche zu Hause. Meinen Schutzengel spüre ich mehr als je zuvor: Es ist mein Schutzengel aus Waldesflur, der mich schon im Wattenest beschützt hat. Er lässt mich früh spüren oder riechen, wenn Dunkles bei mir auftaucht. Dann treffe ich meine Abwehrmaßnahmen. Ich begegne guten Situationen, guten Menschen; manchmal kann ich helfen.

Zwischen Watte, Dämonen, Licht sehe ich dich, Verena. Ich lebe gerne mit dir. Ich schäme mich deiner nicht länger. Meine Liebe zu dir wächst, wie deine Verletzungen heilen. Ich schreibe diese Zeilen als Bekenntnis zu dir. Ich lasse dich nicht allein. Ich bin bei dir. Ich lese aus Deinem Buch vor. Ich wünsche mir, dass dein Leben Licht schafft, wo dunkle Gestalten ihre Schatten werfen. Ich bin auf der Seite derer, die leiden und sich aufmachen, das Tal ihrer Leiden zu verlassen. Du lehrst mich, dem Ruf der Seele zu folgen. Ich will nie mehr zurück in die Kälte.

Abschied vom Sühnekind

Jahrelang musste ich mit dem Gedanken leben, ein Sühnekind zu sein. Mutter hat durch schwere Arbeit nach Ruth ein Kind, einen Jungen, in der Schwangerschaft verloren. Sie hat sich schwere Vorwürfe gemacht. Sie hat gebetet und Kerzen in der Kirche angezündet, noch einmal ein Kind oder zwei für das verlorene zu bekommen. Dann bekam sie uns, die Zwillinge: einen Jungen und mich. Und mich hat sie als Sühnekind angenommen, mit dem sie ihre Schuld gesühnt hat. Ich ahne, wenn ich Mutters Sühnekind bin, dann haben mich meine beiden dämonischen Schwestern zum Opfer ihrer dunklen Seiten auserkoren. Habe ich als Sühnekind Männer wie Onno oder Phillip angezogen, die andere Menschen nur zum Ausleben ihrer Triebe benutzen? Ist es Wunsch und Wille des Sühnekindes, es allen Menschen bis zum Preis der Selbstverleugnung recht zu machen? Ich frage: Dürfen Menschen ihren nächsten Mitmenschen ihre Lasten aufladen, bis sie darunter zusammenbrechen? Wer verteilt die hellen und die dunklen Seiten? Was schützt die Menschen vor ihren Dämonen? Wie mache ich mich frei vom Sühnekind-Sein?

Ich lächle in mich hinein: Das Sühnekind habe ich hinter mir gelassen und begraben. Selbstvertrauen und Liebe zu mir selbst haben mich auf den Weg der Lebendigkeit zurückgeführt. Heute will ich meinem Traum folgen, den ich nie verloren habe. Es ist der Traum vom selbstbestimmten Leben, das sich in keine fremde Bahn mehr zwingen lässt.

Blumen der Welt

Emily lebt im benachbarten Ausland; sie ist eine fröhliche junge Frau, kreativ, lebt nach ihrem Gefühl. Sie arbeitet als Model und verkauft schöne Wäsche. Wir telefonieren und sprechen so gern miteinander. Sie vertraut mir ihre Geheimnisse an und kann gar nicht auflegen, wenn wir telefonieren. Ich vermisse meine Emily und sie ihr geliebtes Muttili. Sie hat einen festen Partner.

Benjamin ist Vater, er ist noch genauso lustig und positiv. Er hat sich als Soldat verpflichtet und lebt zwei Autostunden von mir entfernt. Wenn er uns besucht, küsst er mich zur Begrüßung auf die Stirn und macht mir Komplimente, hebt mich hoch und lacht; er will mir jede Arbeit abnehmen. Er liebt seine eigene Familie und geht zärtlich und respektvoll mit ihr um. »Mama, ich hab dich lieb« höre ich, wenn wir telefonieren.

Markus macht es wie sein Bruder Benjamin: Er hat sich ebenfalls verpflichtet und hat auch seine eigene kleine Familie. Er liebt Ordnung und klare Anweisungen, die er selbst gibt. Er ist ernst, kann zärtlich sein und Liebe geben. Wir haben ein gutes Verhältnis. Bei einem Telefonat, das länger überfällig war, sage ich: »Ich habe dich lieb, mein Junge.« »Ich dich auch, Mama«, antwortet er.
Felix ist drogenabhängig. Seit vielen Jahren lebt er allein. Manchmal wissen wir monatelang nicht, wo er ist. Er ruft nicht an, schreibt nicht. Ich gebe die Hoffnung nicht auf, dass er es schafft, von den Drogen loszukommen. Seine Geschwister lieben Felix und halten zu ihm. Er bricht alle Therapien ab. Alle versuchten wir schon zu helfen; es geht ein Weilchen gut, dann ist er wieder weg. Wir können ihm nicht helfen, nur er allein hat die Macht dazu. Ich habe ihn so lieb und bete, dass er gesund wird. Bei uns im Garten brennt Tag und Nacht eine Kerze: Felix soll den Weg finden, wenn er kommt.

Kinder sind wie die Blumen der Welt: Auch bei guter Pflege wächst manchmal eines nicht so richtig gerade.

Da war wohl etwas Schatten. Aber wenn man genau hinschaut, erfreuen sie einen doch. Oder nicht?

Familienbande

Während der Klinikaufenthalte habe ich mehrere Frauen kennen gelernt. Wir sind unterschiedlich alt und haben verschiedene Berufe. Seit Jahren verbindet uns eine tiefe und ehrliche Freundschaft. Ich habe sie als meine Familie angenommen und sie mich als ihre. Uns verbindet das Leid und der Schmerz, die wir früher ertragen haben. Wir gehen respektvoll und behutsam miteinander um und haben regelmäßigen Kontakt, was uns immer wieder gut tut. Wir sind fünf Frauen, die miteinander lachen und Freude am Leben haben: Wir schreiben Briefe, schicken Päckchen und telefonieren; Rat und Tat ist keine Frage. Ich habe euch von Herzen gern, meine Lieben, ich danke euch, dass ihr an meiner Seite seid. Mit meinen »Mädels« sehe ich entspannt in die Zukunft.

Zeitreise

Im Oktober 2005 ist mein 50. Geburtstag. Ich habe mit meinem Mann und meinen Kindern vereinbart, dass ich diese Tage in meiner bayerischen Heimat verbringe. Ich kehre in die Wattenestzeit zurück. Mein Mann begleitet mich. Wir reisen zwei Tage vor meinem Geburtstag an. In der Kreisstadt gehen wir über den alten Markt. Die Eisdiele meiner Kindheit und Jugend existiert immer noch. Ich erkenne den Besitzer sofort wieder; ich freue mich, er war immer sehr lustig und gut gelaunt. Grau und alt ist er geworden, aber seine Lebendigkeit hat er nicht verloren. Ich erzähle ihm, welch schöne Zeit ich hier mit Freunden verbracht habe. Er antwortet: »Ich freue mich, dass Sie hier sind und uns nicht vergessen haben.« Er lädt uns zu einem Eis ein. Wir gehen in der Stadt umher. Ich wundere mich ein wenig, welche weiten Wege ich hier als junges Mädchen gegangen bin. Am Nachmittag sind wir in einer berühmten Wallfahrtskirche. Wir zünden Kerzen für alle Menschen an, die uns am Herzen liegen, und für uns selbst: aus Dankbarkeit und für unsere Liebe zueinander. Ich rede mit einem Klosterbruder, der mir später seinen Segen gibt.

Wir besuchen das Internat und die Haushaltsschule, in denen ich als Mädchen war. Die Schule gibt es nicht mehr, jedoch noch den Hausmeister. Ich erkenne ihn sofort. Er sperrt auf und ich zeige meinem Mann mein Zimmer, die Klassenräume, die versteckten und schmalen Flure. Ich sehe die Mädchen, wie sie durch die Flure eilen, den Speisesaal, wo wir alle sitzen und hoffen, dass wir heute nach dem Essen wieder Post erhalten. Ich sehe die strenge Oberin mit ihren dicken Brillengläsern und muss lachen. Ach, es ist trotz allem schön gewesen! Der Geruch des Hauses und die Mädchen, die Geräusche: Alles ist für Sekunden präsent. Ich will erst gar nicht loslassen, aber mein Mann nimmt mich an die Hand und führt mich aus dem Gebäude. Der Hausmeister unterhält sich noch ein Weilchen mit uns; ich verrate ihm, dass er damals ein gut aussehender junger Mann war, von dem einige ältere Schülerinnen schwärmten. »Ja«, sagt er, »eine von denen habe ich dann auch aus dem Haus heraus geheiratet.« Wir lachen und verabschieden uns herzlich.

Im Park der alten Burg, die über meinem Heimatstädtchen liegt, verabschiede ich mich endgültig und für immer von meinen zwei dämonischen Schwestern: Ich stecke ihre Fotos in einen kleinen alten Karton, beschwere ihn mit Steinen und vergrabe ihn. Ich decke den Ort mit Laub und Erde zu. Nahe bei einem mächtigen Laubbaum sollen sie es gut haben. Das Mütter-Kurheim besteht noch, auch hier darf ich noch einmal durch das Haus laufen und meine schönen Erinnerungen wach werden lassen. Ich zeige meinem Mann auch hier all die mir vertrauten Räume und Flure sowie mein Zimmer. Ich erzähle und bin wieder in dieser Zeit, höre und sehe die gute Schwester Leokardia singend mit ihrer Gitarre durch die Flure laufen. Fräulein Sophie ruft: »Verena, bring neue Tischwäsche mit, aber nur die gelben Tischtücher.« Ja, auch hier war alles so schön. Eine Frau meines Alters kommt auf mich zu, bleibt stehen, und wir sehen uns an. »Du bist Karin«, sage ich. »Du bist damals hier geblieben.« Wir begrüßen uns herzlich. Wir erzählen, fragen und freuen uns, dass wir uns hier getroffen haben. »Dich, Verena, haben wir damals nicht so schnell vergessen. Am Anfang hast du uns gefehlt, deine gute Laune und deine Hilfsbereitschaft. Du warst mir eine große Hilfe damals, Verena. Ich wollte wieder nach Hause und hatte keine Lust, hier zu bleiben. Ich wollte in die Stadt, doch du hast mir gut zugeredet und mich getröstet. Dass ich heute immer noch da bin, verdanke ich also dir. Ich leite seit einiger Zeit die Küche und die Hauswirtschaft.« Ich verspreche, einmal wiederzukommen. Mit frohem Herzen verabschieden wir uns.

Am Tag vor meinem 50. Geburtstag fahren wir durch das bayerische Land. Wir besuchen unter anderem einen Glasmacher-Ort mit seinen vielen noch existierenden Glashütten und sehen zu, wie die Glasbläser Gläser und Gefäße anfertigen. Mich zieht es jetzt aber nach Waldesflur zu meinem Elternhaus. Es wurde verkauft, ohne dass ich es wusste. Eine Frau fegt im Garten das Laub zusammen. »Ich habe hier die schönste Zeit als Kind verbracht«, spreche ich sie an. »Ach, wirklich? Dann kommen Sie doch bitte herein. Ich wollte mir gerade eine Brotzeit machen, essen Sie mit mir.« Das Haus hat sich nicht verändert, auch umgebaut ist nichts; es riecht immer noch nach Elternhaus. Meinem Mann darf ich auch hier alles zeigen, wofür ich sehr dankbar bin. Auch hier erlebe ich für Sekunden die Vergangenheit: Mutter singt und ruft nach mir, der Duft von frisch gebackenem Apfelkuchen zieht durch das Haus. Ich spüre Leben und Zeit, höre Geräusche, die im Haus alltäglich waren. Ruhig und loslassend kann ich jetzt gehen, jedoch nicht ohne noch einen Blick auf den alten Bauernhof zu werfen, der jetzt allerdings verwaist ist. Ich bin so froh, dort mit den Freunden gespielt zu haben. Wir danken herzlich für die Brotzeit. Der neuen Besitzerin sieht man an, dass sie glücklich ist in dem Haus. Darüber freue ich mich.

Am nächsten Tag, einem Sonntag, stehe ich pünktlich um 11 Uhr vormittags – also exakt zu Tag und Stunde meiner Geburt vor 50 Jahren – vor dem Haus, in dem ich zur Welt kam. Ich träume, ich liege in einer großen Wiege, die mein Leben ist. Ich habe Platz darin. Niemand bedrängt mich. Ich strecke mich aus. Ich bin dankbar, zu sein, zu werden. Anschließend besuche ich das Grab meiner Eltern. Hier danke ich ihnen, sage ich ihnen, dass ich sie ehre und liebe. Für meine Eltern stelle ich Rosen aufs Grab und zünde große Kerzen an. Für einen Moment, nur einen Moment, fühle ich etwas: Sie sind bei mir, ich spüre und rieche sie alle beide.

Ausklang

Das ist ein schöner Geburtstag!«, sage ich zu meinem Mann. »Ich brauchte diese Tage, ich wollte noch einmal spüren.« Toni, mein lieber Ehemann, nimmt mich in die Arme. Wir sind in einem schönen Landgasthof und wollen hier den Tag ausklingen lassen. Er sagt: »Ich liebe dich, und ich brauche dich für mein ganzes Leben, mein Sonnenschein!« Mit einem Kuss besiegeln wir, was wir an uns haben. Viel Liebe ist in unserem Leben.

Nachwort der Autorin

Wir leben nicht zufällig. Wir hinterlassen Spuren, die von Generationen nach uns zu finden sind. Wünsche und Hoffnungen, die sich im Leben eines Menschen nicht erfüllt haben, werden in der neuen Generation den Familien weitergegeben, aber auch Schuld und Sühne, die Menschen in Stellvertretung zwingen.

Wir hinterlassen Spuren. Im Leben ist Sinn verborgen; er will gesucht, gefunden und gedeutet werden. Wege, die aufeinander zulaufen, die sich verfehlen, die sich treffen – warum? Eine Wegkreuzung. Hier lagern Wünsche, Ängste, Gedanken, Gier, Zeit, Vergeblichkeit. Ein Mensch geht seinen Weg, läuft, fällt, wird geschlagen, wehrt sich, steht auf, geht weiter, verzweifelt, taumelt im Endlosen, wird aufgefangen. Von wem und wodurch?

Licht des zweiten Lebens fällt auf die Lichtung. Zeit der Seele bricht an. Wohin wird sie mich führen, sinnt der Mensch. Urvertrauen wächst, jene Kraft und Energie, die aus überstandenem Leiden kommt.

Die Sehnsucht hat einen Namen; ich folge meinem Traum: Verena Christ erzählt ihr Leben, ihren Weg, der für sie Gestalt annimmt und Botschaften enthält, die sie entziffert, versteht. Sie lernt: In meinem Leben finde ich Fragen und Antworten. Ich achte und liebe jene Verena, die trotz Leiden und Verzweiflung ihren Weg nicht verlässt. Sie befreit sich von der Last der Stellvertretung. Sie erkennt: Wir finden, was wir suchen. Wer schlägt, der wird geschlagen. Sie wendet sich den Opfern zu und bittet: **Für alle, die laufen, fallen, aufstehen. Dass sie Zuflucht finden, getröstet und geheilt werden.**

Marthe-Lorenza Krafft